麦秋の宵

松坂ありさ

麦秋の宵　目次

プロローグ…………7
第一部…………8
第二部…………50
第三部…………98
第四部…………126
解説…………158

麦秋《ばくしゅう》の宵《よい》

松坂　ありさ

プロローグ

このところ、副担任の市原結子《いちはらゆいこ》が学校を休んでいる。今日できっかり二週間になる。教頭からは、市原がたちの悪い風邪をひいたと聞かされたが、二週間というのは長過ぎる気がする。

たいていのものごとには動じない承子《しょうこ》だったが、いささか心配になってきた。

今年、岡田《おかだ》承子は市原結子と、三年F組の正副の担任のペアを組まされた。承子も市原も教える教科は数学だ。市原は承子よりも二歳年下で、小柄で線の細い感じの女教師だ。

大学受験を控えた高校三年生を受け持つというのは、気骨が折れる。承子にしても、内心ではひやひやしていた。教師生活六年目のプライドで、毎日をなんとかやり過ごしていた。

第一部

岡田承子

市原が来なくなっても、三年F組に変わりはなかった。生徒たちは、自分から市原の不在を口にしようとはせずに、場合によっては静まりかえっている。

私は、彼女たちの沈黙に一種異様なものを感じていた。

週明けの月曜日のホームルームで、市原の名を口にしてみた。

「市原先生のことですが、たちの悪い風邪をひかれて……」

それでも、生徒たちは沈黙を続けている。

仕方なしに、今度はこう訊いた。

「みんな、市原先生の体調が心配にならないのかしら」

すると、牧村映美《まきむらえいみ》という体格のよい大人びた生徒が答えた。

「別になんとも思いません」

牧村の発言で、教室中がざわめき始めた。

「そんな言い方はないでしょう」

私は失望した。

牧村が立ち上がった。

「三年F組は国公立理数科クラスです。ですから……」

彼女はこう言ってから、一呼吸おいた。

彼女と仲のよい、勉強のできる数人の生徒が振り返って、彼女の方を見ていた。顔には笑みが浮かんでいる。続く言葉を既に理解しているのが、よくわかった。

牧村は、私立大学の数学科を出た先生に用はないんです。何ひとつ参考になることをアドバイスしていただくことはないと思いますから、というようなことを言っていた。声には、冷たい響きがあった。

私は、牧村をたしなめた。

「市原先生は、国立大学出身ではありませんが、とても優秀な大学をお出になっていらっしゃいます。そんな失礼な言い方は……」

私が言い終わらないうちに、さきほどの牧村が発言した。

「私たち、岡田先生のご指導にはおおいに期待しています。国立大学を出られていると聞いていますから。でも大学受験を控えた三年生の副担任に、どうして私立大学出身の市原先生が選ばれたのかは、疑問です」

「それは……市原先生は高校時代に、数学祭《すうがくさい》オリンピックでA級をお取りになっていて、実力がおありの方だから……」

私が、こう言いながら牧村の方を見ると、彼女は馬鹿にしたような薄ら笑いを浮かべている。

その顔を見て、更に失望させられた私は、それ以上話すのをやめてしまった。

自分自身の気の弱さにうんざりしながら、
教室の外へ出ると、一時間目のリーダーの教師が、扉のすぐ外で待っていた。彼は同情的に笑いかけてきた。教室内の、牧村と私の会話を聞いていたのだろう。

私は気まずい思いで彼に目礼して、職員室へと戻った。

○

その日の夕方、承子は、市原に電話をかけることにした。

最初はケータイにかけようかと思ったが、一度母親に挨拶をしておいた方がいいかなと思い、自宅の番号を押した。

五回ほど呼び出し音がして、年配の女性が出た。

「市原でございます」

承子は自分の名前を言った。

「光桜《こうおう》学園で、市原先生と一緒に三年生の担任をやっている岡田と申しますが……」

「まぁ、岡田先生ですか。結子お嬢さまがいつもお世話になっております。あら、いけない。お嬢さまだなんて、内輪の呼び方が口をついて出てしまいました。すみません。結子さんから、岡田先生のお噂は聞いております。今、代わります」

その年配の女性は、困ったような、それでいて丁寧な口調で言った。

承子も面食らうような気持ちになっていた。電話口に出たのは、母親ではなかったのだ。お嬢さまという呼び方に驚きながら、本人が出てくるのを待っていた。

「もしもし……」

市原が電話に出て来た。案の定、元気のない口ぶりだった。

「あ、先生、大丈夫なんですか。教頭先生からは、たちの悪い風邪にかかったと聞きましたけど」

「……すみません。岡田先生にはご迷惑やご心配をかけてしまって」

「私のことは、まったく気にしなくていいんですけど……」

「私……本当のことを申し上げますと、高校三年生という学年を教える自信が持てないんです。自分の足で教壇の前に、しっかりと立てない感じがするんです」

市原の声には、思い詰めたような響きがある。

「そんな……四月の初めに、がんばってやっていこうと、ふたりで誓い合ったじゃないですか。私だって、正直言ったら、そんなに自信はないですよ、大学受験を控えた三年生の担任をするのは、初めてのことですから。でも、ふたりで正副の担任になったのですから、がんばるしかないじゃないですか」

「ごめんなさい。でも、岡田先生には、ちゃんとできます。三年生にしっかりと向かいあえます。私にはわかっていました。私なんかとは、心の出来が違いますから」

「そんなことないですよ。あ、あの、市原先生、電話じゃ込み入った話はできませんから、どこかで会って話しませんか」

「はい、そうですね。……それでは、今から私の家に来てくださいませんか」

「今から、市原先生のお宅にですか」

「あ、ごめんなさい。私、ずっと家にいたから時間の感覚がおかしくなっているんですね。こんな夜に、ご迷惑ですよね？」

「いいえ。私の方はかまいませんけど、こんな夜分に伺っては、そちらが迷惑なのではと思いまして」

「いいえ、迷惑なんてことはありません。さっき出た家政婦の三沢さんと、私のふたりしか家にいませんから、大丈夫なんです」

「ああ、お嬢さまと呼んでいた女性ですね」

「嫌だわ。お嬢さまなんて呼んだんですか。あの人、時々その呼び方が出てしまうみたいです。気をつけるように言っているのに、岡田先生のお電話で出てしまうなんて、本当に恥ずかしいです。……三沢さんはうちに長く来てくれている人ですから、あまり気を遣わなくていいんです」

「そうですか。わかりました。それでは、夕食を済ませて、なるべく早く行きます。八時までには着けるようにします」

「すみません。ご足労をおかけいたします。ではその時に」

「その時に」

牧村映美

今朝のホームルームで、岡田先生は、市原先生のことを口にした。

私の気持ちをまったく無視してる。癪《しゃく》に障ったので、市原先生には用はないとはっきり言ってしまった。そしたら、数学祭オリンピックでA級を取っているということを持ち出してきた。岡田先生自身、特A級を取ってるくせに何を言ってるんだと思い、一瞬あっけにとられた。その後笑ってしまった。シニカルな笑いのように思われたことだろう。

本当に、岡田先生は何を考えているんだろう？　私の心をかき乱す、憎い人。先生の考えていることを知りたい。

承子は安くて早い定食屋に入って、夕食を摂った。

それから電車に乗り、市原の家のあるH駅まで行った。

麦秋――六月の夜気《やき》は、未《いま》だに春の空気を引きずっているようで、どことなくひんやりとしている。

一年を通して、初夏は承子の一番好きな季節だ。

今夜だって「出勤拒否」を起こしている市原の家に行くという、特殊なシチュエーションでなければ、心はひどく浮き立ったことだろう。


H駅を降りると、市原の姿があった。

承子は明るく声をかけた。

「先生、案外元気そうじゃないですか」

「ええ、からだはいたって元気なんです」

市原は恥ずかしそうに答えた。

「あ、そうでしたね」

承子は、言わなくてもいいことを言ってしまったという思いで、気まずく笑った。
ふたりの間に、落ち着かない空気が漂った。

市原結子

私は、自分の気持ちの弱さから、もう二週間も学校を休んでいる。

裕福な家庭に育ち、勉強のできるお嬢さまが集まる私立女子高校なら、働きやすくて楽だと思ったのが間違いだった。お嬢さまばかりの学校だということがかえって悪かったのだ。お嬢さまとはいえ、女子だ。女子の愛憎の激しさは格別だ。好きな先生には妙にベタベタするが、嫌いな先生には嫌いだということを前面に押し出す。ひどいときには、学校から排斥《はいせき》しようとさえする。私自身も、中学、高校と女子校だったのだから、こんなことはとっくにわかっていたはずだったのに……。それなのに、自分が教師という立場に立つと、途端に生徒のことが分からなくなるのだから、おかしなものだ。

今日、ついに、正担任の岡田先生から電話をもらってしまった。

岡田先生は、私がひそかに憧れ、尊敬の念を抱いていた先生だったこともあって、私は電話ですっかり上がってしまった。そのせいか、その際に、心の出来がどうのと、相手が変に感じるようなことを口走ってしまった。

すると、岡田先生は、「会って話をしませんか」と誘ってくれた。

私は、「それなら今から私の家まで来てください」とお願いした。

岡田先生は、快く承諾した。

私はH駅で、先生を出迎えることにした。こんな時ばかり積極的になれるのだから、少し不思議な気がする。誰かが家に来てくれることが、私は純粋に嬉しい。やっぱり外の人とのつながりがないと寂しくて、生きて行けないのだ。

だが、実際にH駅で岡田先生と顔を合わせると、照れくさくなってしまった。迎えに出た理由を、「駅から家までは割と近いけれど、わかりにくい道なので」と言い訳した。

私は岡田先生の先に立って、歩いた。歩いている時は、ずっと無言でいた。

十分ほど歩くと、家の門に着いた。

「私の家はここなんです」と振り返ると、岡田先生は「大きなお家《うち》ですね」と言って感心している。

私は返答に困り、ただ笑った。

背の高い門柱に向かい合い、そこについているチャイムを押すと、中から三沢さんの返答があった。彼女は、門扉を開けてくれた。

門扉は、重々しい音を立てて開いた。

私は岡田先生を伴って門を入り、玄関までの道を歩いた。

「門から玄関までがこんなに遠いなんて、すごいわ。こんな立派なお家《うち》に来たのは、初めて」

岡田先生ははしゃいだ声を出していた。

岡田承子

後ろで、門扉の閉まる大きな音がした。

私は、市原先生のあとについて、門から玄関までの道を歩いた。距離があった。両側には、丸く刈り込んだ柘植《つげ》が並んでいる。それは何本もあって、かぞえきれないくらいだった。柘植の向こうには、大小さまざまな木が植えられているらしく、ところどころに設置された庭園燈に照らし出されていた。

玄関のドアは、あらかじめ開《ひら》かれていた。

上がり框《がまち》の上には、厚みのあるマットが敷かれていて、その上にはスリッパが並んでいた。マットとスリッパの柄は揃いだった。

私はそのスリッパを履いた。

通された応接間は、かなり広かった。暖炉とマントルピースがあり、壁には複雑な文様のタペストリーがかかっている。

門の重厚感にも、門から玄関までのアプローチの長さにも圧倒されたが、応接間の広さにも驚かされた。入り口のところでぐるりと部屋を見まわしていると、市原先生が「こちらのソファにお座りください」と手招きしている。

私は、先生の言葉に従って、ソファに座った。

座ってから、「この部屋、相当広いですね。どのくらいの広さがあるんですか」と訊いてしまった。

「三十畳くらいだと思います」

先生は慎ましやかに答えた。

「私は庶民の暮らししか知らないから、こんなに立派なお屋敷に通されると、つい見まわしちゃうのよ。お行儀の悪いことかもしれないけど」

私は、自分のしたことを弁解するように言った。

その時、電話に出た家政婦さんらしき女性が、お茶とお菓子と果物をトレイに載せて、入ってきた。

私は居住まいを正して、その人を見た。

彼女は丁寧な口調で自己紹介をした。

「初めてお目にかかります。こちらで働いております三沢でございます」

私も丁寧に挨拶を返した。

「市原先生と一緒の職場におります岡田です。今日は、夜分に突然お邪魔してしまいまして……」

「夜分だということは、お気になさらないでください。……岡田先生、どうか、結子さま、いいえ、結子さんの話を聞いてあげてくださいませ」

三沢さんは懇願するように私に言った。目は真剣な光を帯びている。

「はい、わかりました」

私も真剣な表情で答えた。

三沢さんが完全に部屋を出るのを見届けてから、私は市原先生に尋ねた。

「学校で、何か嫌なことがあったんですね。何があったのか話してくれませんか」

「はい。私は有名私立女子校なら楽に教えられると思って、光桜学園に就職したんです。でも、それは大きな間違いでした。去年まではまだよかったんです、一、二年生を受け持っていましたから。今年はもう駄目です。牧村さんを中心とする秀才グループに馬鹿にされ、いやがらせをされるようになりました」

「いやがらせ……ですか」

「そうです。わざと、すぐには答えられないような難解な質問をしてくるんです」

「少し考える時間がほしいと言えばいいじゃないですか」

「はい。そう言ったこともありました。でも、時間をくれないんです。即座に答えられないようでは駄目だ、そんな教師は要らないときっぱりと言うんです」

「それはひどい言い方ですね。私にはそんなことは言わなかったので、ちっとも気がつきませんでした」

「それは、岡田先生だからですよ。牧村さんたちは、岡田先生には一目置いているんです」

「……市原先生、明日も学校へは来られませんか」

「無理ですよ。いくらこちらから近づいていこうとしても、彼女たちが私を拒絶しているんですから」

市原は力なく笑った。

市原結子

岡田先生と話しているうちに、どんどん悲しくなってきて、涙声になりそうになった。

先生は、話題を変えた。私の様子を見て、気を遣ってくれたのだろう。

「さっきの三沢さんという家政婦さんと今夜はふたりきりだと言ってましたけど、ご両親やご兄弟姉妹《きょうだい》はいないんですか」

「両親は今、山に行っています。きょうだいはいません。私はひとりっ子です」

「山に行ってるって、登山家か何か、ですか」

「まぁ、そんなものでしょうね。一年中山に行っています。たまに帰ってくると、カルチャースクールの山歩き講座の講師をしています」

「へぇ、山ですか。面白いですね。私なんかもう何年も山には行っていないなぁ。なんだか突然、行きたいような気分になってきちゃいました」

「いいんですよ、山になんか行かなくても」

岡田先生の声がのんきに聞こえたので、私は腹立たしくなった。勢い、私の返答はとげとげしいものになってしまう。まずかったとすぐに反省したが、そのときは感情を抑えられなかった。

「両親は、ちっとも私のことが大事じゃないんです。私のことはいつもほったらかしで、三沢さんに任せっぱなしなんです。ひとりっ子なのにおかしいでしょう?」

「そう……ですね」

「そうですよ。運動会も学芸会も、観に来てくれた例《ため》しはなかったんです! 遠足のお弁当も三沢さんに作ってもらっていました。授業参観も父母面談も欠席です。ひどい親でしょう?」

「確かに、変わった親とは言えるでしょうね」

「変わりすぎています。岡田先生は何人きょうだいですか」

「四人です。上三人もみんな女なんです」

「そんなに大勢いたら、毎日にぎやかでしょうね」

「にぎやかなことはにぎやかでしたけど、小さい頃は、私は不利でしたよ。おいしいものは姉たちにどんどん取られちゃうんですからね。冬のお鍋のときなんかは、私は参加しているようでしていない、っていう感じでした。牛肉は姉たちが取っていくんです。べそをかいていました」

「ご両親は、かばってくれなかったんですか」

「それほど気を遣ってはくれませんでしたね。ガチャガチャやりあって、逞しく育っていってほしいと願っていたんじゃないでしょうか」

「そうでしたか。それも、ご両親の教育方針だったんですね。それでは、今は？」

「今はもう負けてませんよ。一番上の姉が私にアドバイスを求めてきたりして、順番や立場がまるで反対になっていることもあります」

「いいですねぇ、そういうのって。私にとって、理想の姿です。それで、お姉さんたちとは今も一緒に住んでいるんですか」

「いいえ、みんな家を出ています。結婚で出ていったり、仕事の関係で別になっていたり。だから、今の私はひとりっ子みたいなものかな?」

「ひとりっ子を経験してみて、どうですか」

「静かでせいせいしてますよ。好きなものもゆっくり食べられて、いいですよ。なぁんてね」

先生はふざけて言って、少し笑った。


それから、私たちは一時間ほど話をした。岡田先生が自分の高校、大学時代のことを話してくれたのが、興味深かった。ふたりで、声に出して笑った。

前よりもずっと、岡田先生という人のことがわかった気がした。ふたりの距離が縮まった。先生も、同じ思いだったかもしれない。もしそうだったら嬉しい。

話が一段落したところで、岡田先生が私に訊いた。

「明日はどうしますか。夕方にでも、また、こちらから電話をした方がいいですか」

「迷惑でなければ、してほしいのですが……」と言いかけて、あわてて口をつぐんだ。

迷惑に決まっていると思ったからだ。

「迷惑なんてことは、全然ないです。じゃ、明日の夕方、手の空《す》いた適当な時間にします」

先生は笑顔でこう言い、帰っていった。

家政婦・三沢

結子お嬢さまが出勤拒否を起こしているので、正担任の岡田承子先生が、家まで様子を見に来てくださった。

岡田先生は、背の高いスタイルのいい人で、肩のところでまっすぐに切り揃えられた漆黒《しっこく》の髪が、彼女のはつらつとしたイメージによく合っている。背中の真ん中まで届く長い髪を毎晩巻いて眠る結子さまとは、対照的だ。

服装も、岡田先生は、カッチリとしたチャコールグレーのスーツと、それに合うシックな色合いのシャツブラウスを着ていた。

パステルカラー、特にピンク系の色を好み、かわいらしいイメージのものばかり着る結子さまとは甚《はなは》だしく異なっている。結子さまは、花柄が好きだからという理由で、花柄のブラウスをどこへでもかまわず着ていってしまう。私が黙っていると、職場にも着ていこうとする。いつだったか私は遠回しに、ご忠告申し上げたことがある。その時は、濃いめのピンクの薔薇柄のワンピース姿で、玄関にある鏡の前に立っていたからである。そのワンピースには、フワフワとしたフリルとレースまでついていた。あんな格好で行ったら、職員室で浮いてしまう。皆ひいてしまうだろう。そんな光景を想像しただけで、恐ろしい。フェミニンな色やデザインがいけないというわけではない。私だって、ピンクや赤は好きだ。でも、そういうものは学校以外の場所で着て、楽しめばいいのだ。

服装のことはさておいて——岡田先生が家庭訪問をしてくれたことで、お嬢さまの気持ちは少しでもほぐれたのだろうか。早く元気を取り戻して、これからはもう少し地味目な服装を心がけて、職場に復帰してほしい。

○

次の日、約束通り、承子は市原に電話をかけた。

その晩は、家政婦ではなくて、直接市原が電話に出た。

「今日は、電話に出るのが早かったですね」

承子は驚いて言った。

「電話機のすぐ前にいましたから。昨日はわざわざ来てくださって、ありがとうございました」

「たいしたお力にもなれずに」

「いいえ、とても勇気づけられました。岡田先生の学生時代のお話は、とても面白かったです。あれから、思い出しては何度も笑ってしまいました」

「そうでしたか。そんなに楽しんでいただけたなんて、こちらとしても嬉しいです。……だけど、市原先生のお宅、大邸宅でしたよ」

承子は率直な感想を述べた。

「いくら立派でも、この家には心というものがないんですから、何の値打ちもありません」

市原の口調は突然変わった。その言い方には、親への恨みの深さが表われていた。

岡田承子

その日、私は市原先生に電話して、開口一番、こう訊いてしまった。

「今日は何をして過ごしていましたか」

うっとうしい嫌な質問だったかな、とすぐに反省したが、彼女は素直に答えてくれた。

「三沢さんの作ってくれたブランチを食べて、少しだけテレビを見て、あとは本を読んで過ごしていました」

「そうでしたか。……あ、ひとつ提案なんですけど、ふたりだけでしゃべるときは名字ではなくて、下の名前で呼び合いませんか。もちろん先生をつけて呼ぶのもやめましょう」

「……はい、わかりました。それでは……承子さん、ですね？」

「そう、その調子。こちらはそちらを結子さんて呼びますね」

「はい、わかりました、承子さん。……なんだかなれなれしくて、すみません」

「ううん。こちらが提案したんだから全然気にしないで、結子さん」

「はい。……そちらには、今誰かそばにいないんですか」

「珍しく誰もいないのよ。みんな球技大会の練習で、体育館やグラウンドに出払っているから」

「球技大会の季節がきたんですね」

「そうなのよ。でも、毎年のことだけど、練習に熱心に取り組んでいる生徒と、そうでない生徒の差が、はっきりしているわね」

「ああ、そうでしょうね。わかります」

結子さんと私は、同時に笑った。

職員室の外で、話し声が聞こえた。教師たちが練習から引き上げてきたらしい。

私は受話器を少し耳から離して、結子さんにも廊下のざわめきが聞こえるようにした。

「聞こえる？　みんなが引き上げてきたみたい。だから、今日はこれでね。明日は私の家から電話するわ」

○

翌日、夜の八時をまわった頃、承子は結子のケータイに電話をした。結子の家の電話を使うのはやめにしていた。

「お電話を待っていました」

結子は、静かな声で電話に出た。

「今自宅に戻ってきたところなの。急いでかけたんだけど、こんなに遅くなっちゃった。ごめんなさい」

「毎日、すみません」

「どうしたら、あなたが学校に出て来てくれるようになるのか、今日一日ずっと考えていたのよ」

「……どうしたらって……」

「どうしたら、また学校に来てくれるようになるの？　結子さんの考えを聞かせてほしいんだけど」

「……だって、私、休職にしようか退職にしようか、迷ってるところなんですよ」

「退職だなんて、冗談でしょう？　牧村さんたちにあっさりと負けてしまうなんて、悔しくないの？」

「悔しい気もします。でも、やっぱり無理です」

「悔しく思ってくださいよ、気持ちを奮い立たせて」

「……」

「あなたくらいのお金持ちのお嬢さまなら、働かなくても十分に食べていけるでしょうけれど、社会と接しないで家にばかりいたら、あなた自身がつまらないでしょう？」

「ええ。ひとりぼっちはもうたくさん、っていう気持ちですね。……承子さん、それではこうしてくださいませんか。私の思い出話を聞いてくださいませんか」

「思い出話……ですか」

「そうです。主に、小学生の頃の話です。本当は両親に聞いてもらいたかったんですが、無理だったので。……この先も無理そうだし。だから、先生に……」

「もちろん、聞くのは全然かまわないわ。……だけど、三沢さんには聞いてもらえないの？」

「ちょっとそれは恥ずかしい気がして。こんな私にもプライドがあって、そのプライドがいろいろと邪魔するんです」

「私だと大丈夫なんですね？」

「ええ」

「わかりました。聞きます」

「……いつから聞いてもらえますか」

「いつからでも。たった今からでもいいけど。結子さんのお気持ち次第です」

「ありがとうございます。全部聞いてもらえたら、気持ちが軽くなるかもしれないです。そしたら……学校へ行けそうな気がします。……では、始めさせていただきます」

「はい、どうぞ。始めてください」

「はい」

結子は「はい」と返事をしたものの、すぐに話し始めることはできなかった。

市原結子

承子さんに両親の代わりをしてもらえることになった。嬉しいけど、信じられない気もする。突然他人の思い出話を聞かされる承子さんは、どんな気持ちでいるのだろうか。何から話そうかあれこれ考えていると、何もしゃべれなくなった。まったくもって気の弱い私だ。承子さんの方は、私の言葉を辛抱強く待ってくれているらしく、黙っている。

私は思いきって話し始めた。

「……あれは……小学校三年生の時の……こと……でした」

私の声は、消え入りそうに小さなものになった。こんな声しか出せないことが情けなくて、続けて話すことができなかった。

「大丈夫？　今日まだ話す決心がつかないなら、また日を改めてでもいいけど」

承子さんは、私の気持ちを思いやってくれて、優しかった。

「ごめんなさい。聞き取りにくいような声になってしまいました。でも、がんばります。一度えいっとやってしまえばいいのでしょうから。……ええと……小学校三年生の時のことでした。私たちの学校は、集団登校する決まりになっていました。……私が三年の時に突然、私の班に六年生の男子が転校してきました。強引な性格の子で、入ってきてすぐに班長になりました。そのせいで、私の生活は真っ暗になりました」

「いじめっ子だったの？」

「いいえ、そうではなかったんです」

「それではなぜ？」

「その六年生の男の子は集合場所に早目に来るんです。そして、自分が着くとすぐに学校に向かって歩き出すんです。私はちゃんと時間内に行っているのに、いつも置いていかれました。仕方なしにひとりで登校すると、校門のところに誰かしら先生が立っていて、その先生が『ダメだよ、みんなと一緒に来なくちゃ』って注意してくるんです」

「結子さんのほかにも、置いていかれる子はいたでしょう？」

「それが、みんなその子に合わせて来るようになったので、置いてきぼりになるのは、私だけだったんです」

「それはかわいそうに。『私は遅刻しているわけじゃないんだから、もうちょっと待っててよ』って言えばよかったのに」

「言いました、何回かは。でも、彼は耳を貸してはくれませんでした。お前は遅刻だ、と言い張って……」

「そう」

「まぁ、一年でそれは終わりました。その六年生が卒業してくれて、またみんなの集合時間が元に戻りましたから」

「よかったですね」

「ホッとしました。……今日の思い出話はこれで終わりです」

「じゃ、明日の夜、また電話しますね」

「聞いてくださって、ありがとうございました」

次の日の夜になると、私の迷いや気恥ずかしさは減っていた。

承子さんからの電話を、心から待つ気持ちが湧いてきていた。

呼び出し音が一回鳴ったところで、サッと受話器を取り上げた。

「承子さんからのお電話をお待ちしていました」と言うと、彼女の方でも私の気持ちを察してくれたようで、「声から、待っていてくれてたのがわかるわ」と言っていた。

それから、続けた。

「今日の思い出話はどんなことかしら。心の準備ができたら始めてください」

「はい、始めます。今日の話は、小学校五年生の時のことです。……がっかりしてしまうことに、三、四年生の時から私をずっといじめてきた女子とまた同じクラスになってしまいました」

「それは、残念でしたね」

「ええ、クラスのメンバー発表の時には、愕然《がくぜん》としましたよ。ここでは話がスムーズにいくように、その子にRという名前をつけます」

「はい、Rですね」

「Rはまわりに対する影響力が強くて、やっかいな存在でした」

「それで?」

「私はなんとか手を打たないと、五、六年生でもいじめられると思いました。そうなったら、もう地獄です。学校には親はいないし。ま、私の場合、家にもいないんですけどね、ふふふ。担任の先生は、いつも私の方を見てくれてるわけじゃないし。それで、私は捨て身でたたかうことにしました」

「勇ましいですね」

承子さんは、私の話に興味を感じてくれたようだ。声の大きさから、それがわかった。

私は少し嬉しくなりながら、続きを話した。

「まずは、朝会の時から始めました。叩かれても、足を引っかけられてもやり返しました。だけど、やり返すなんてことは私の辞書にはなかったので、骨が折れました。特に初めは大変でした。それでも、とにかく必死でやり返したんです。相手はびっくりしたようでした。私のことを手も足も出ない腰抜けだ、と信じて疑ってなかったようでしたから。……こんな私にやられっぱなしでは沽券《こけん》にかかわると思ったRは、給食の時間に、自分の嫌いなものの載ったお皿をこちらに投げてきました。間一髪、私はよけることができました。そしたら、クラス一うるさい親を持った男の子のお腹のあたりに当たってしまったんです。クラス中大騒ぎになりました。後でその男の子の親がRの家に電話をかけて、Rの親と言い合いをしたそうです。ざまを見ろ、って感じですよ」

私は、長い話を一段落させた。

「よくぞそこまですることができましたね。がんばったんですね」

承子さんは、誉めるように相づちを打ってくれた。

彼女は、私の話はこれで全部だと思っているらしい。

私は、「この話にはまだ先があるんですよ」と言ってから、続けた。

「……Rは簡単にへこむような子ではありませんでした。Rは帰りのホームルームの時にも、乱暴なことをしかけてきました。私を逃げられないようにしてから、頭を叩いてきたんです。私は痛みとショックで、涙が出そうでした。でも、弱みは見せられないんです。あとには退《ひ》けないんです。今までがんばってきたことが水の泡になってしまいますからね。それで、勇気を振り絞って、道具箱の固い蓋《ふた》で、三回ほど彼女の頭を叩いたんです。毎回ゴーンと大きな音がして、クラス中が水を打ったように、しいんと静かになりました。Rは泣き出しました。こういうところ、やっぱり子供ですよね。私は胸がスッとしました。

「そんなことをして、先生に叱られませんでしたか」

「大丈夫でした。先生は、長い間私がいじめられていたことに気づいていたんだ、と思います。だから、何も言いませんでした。Rが私のことを訴えても、『私語は慎《つつし》むように』と注意して、それで済ますようにしていたくらいですから」

「それはよかったですね。でも、そこまで気づいていても、結子さんのクラスの担任は、何もしてくれなかったんですか」

「何もしてくれませんでしたよ。何かしてほしいなんて望む方がおかしいような雰囲気でしたから、私のクラスは。……今日の思い出話は、これで終わります。ありがとうございました」

「あ、明日は球技大会ですから、電話をするのは遅くなります。もしかしたらできないかもしれませんが、できなくてもがっかりしないでくださいね」

○

球技大会が終わると、生徒の帰った後も、教職員には片付けや反省会があり、なかなか帰ることはできなかった。

反省会の時には、体育の教師以外はエネルギー切れになっていて、途中で眠ってしまう教師も出ていた。

承子は、時々腕時計を見て、結子のことを思った。

承子が九時を過ぎても学校に残っていると、教頭が校長室へ来るように、と呼んだ。

校長室に入って行くと、教頭だけが待っていた。校長は既に帰った後らしく、彼の机の上はきれいに片付けられている。

教頭は、承子に座るようにとは言わなかった。彼女を立たせて、自分自身も立ったままで、市原の話題を持ち出した。

「市原先生の具合はどうなんだね?」

口調は厳しい。

「どうと言われましても、何て申し上げたらいいのか」

突然の質問に、承子はうまく答えることができなかった。

承子の要領を得ない答え方に、教頭は苛立ったようだ。

「すぐに答えられないのかね？　君には市原君の力になってもらいたいと思っていたんだ。だけど、その答え方じゃ、無理かもしれないね」

「あの、もう少し時間をください。時間さえあれば、うまくいくかもしれないんです。もう少し私なりに努力してみたいんです」

「君は今、市原君に夜電話をしているんだったね？」

「そうです。今夜はまだしていませんが」

「今夜は遅くなったからね。市原君も今日が球技大会だって知っているだろう」

「はい、昨夜、電話で伝えておきましたから」

「彼女は電話では、心を開いてくれているのかね？」

「はい、だんだんとですが、開いてくれているように思います」

「若い人は若い人同士の方がいいだろうから、私はもう何も言わないが、くれぐれもうまくやってくれたまえ」

岡田承子

翌日の日曜日の午後になった。

私は、自宅から結子さんに電話をした。

「あ、承子さん、今日は日曜日なのに、すみません」

私が何か言う前に、結子さんの方から話し始めた。

「昨日の土曜日は、球技大会だったの。だから、夜すごく遅くなっちゃって、電話はできなかったの。ごめんなさい」

「そうでしたよね。忙しかったんですね。今日も、お疲れのところを申し訳ありません」

「いいえ、大丈夫です、もう疲れはとれましたから。さぁ、今日の思い出話はどんなものでしょうか」

「はい。小学校の卒業の頃の話です。今日の思い出話にタイトルをつけると、さしずめ『つらい寄せ書き』というところでしょうか」

「あら、今日の話はタイトルつきなんですか」

私は明るく訊いた。

「なんだか調子づいちゃって、恥ずかしいです。……始めさせていただきます。担任がクラスの人数分の色紙《しきし》を買ってきて、みんなに配りました。余白が出ないように、人数分のコマ割りがしてありました。メッセージは、色紙に書く前に別の紙に書いて、担任に出します。担任からオーケーが出たら、その文章で実際に書いていいのです。でも、その頃の私は、またいじめられっ子に逆戻りしていたんです。あのRにやられていたんです。そのせいで、精神的にダメージを受けていて、しょっちゅうお腹が痛くなっていました。そのたびに、保健室に逃げ込んでいました。その時私をいじめていたのは、Rだけではありませんでした。クラスの半分の女子と一部の男子も、私をいじめていました。いじめた相手に向けて書く言葉なんて、ありませんよね。私は途方に暮れました」

「そうでしょうね。それで、担任の先生には自分の気持ちを話しましたか」

結子さんは、ちょっとため息をついた。

「一応、おっかなびっくりですが、言ってみました。でも、『書け』と言うばかりで、融通がききません。それでも私は書けなくて、色紙は提出しませんでした」

「それで？」

私は先を促した。

「担任は、私の顔を見るたびに、ため息をついていました。そのうちに、あきらめたのでしょう。何も言わなくなりました。早い話が、見捨てられたんです」

「それは、つらかったですね」

「ええ、卒業が近くなると、そういうよけいなことをしたがる先生っているんですよね。そっとしておいてくれればいいのに」

「記念のものを作ろうとするんですね。先生の好意なんでしょうけど、そういう好意が生徒を苦しめる場合があるんですね。だけど、結子さんのところの担任は、コマ割りをしておいてくれただけ、良心的だったかもしれないですよ。お話を聞いていて思い出したんですけど、私も寄せ書きをさせられた経験がありました。私の担任は、コマ割りなんて親切なことはしてくれていませんでした。ただ『書くように』と言って、色紙を渡しただけでした。……そうなると、どうなるかわかりますか」

「……」

結子さんは無言でいた。

私は答えた。

「たくさん書かれる子供がいる一方で、余白ができてしまう子ができるんです。子供のことですから、たくさん余白ができたら、悲しくなっちゃいますよね。そんな色紙、誰もほしくないですよね」

「承子さんの色紙は、どうでしたか」

結子さんは、この話に並々ならない興味を持っている。

「私の色紙には、かなり余白がありました。ちょっと嫌な気持ちになったことを覚えています」

「承子さんにも、そんな思い出があったんですね。意外でした」

「私に、それほどの人気がなかったということなんでしょうね」

私は笑った。

「その色紙、今も持っていますか」

「どうだったかな。もう捨ててしまったんじゃなかったかしら」

「……今日の思い出話は、これで終わりです。ありがとうございました」

「あ、それでは、私の方からひとつ。ここ一週間ほど、牧村さんが学校を休んでいるんです。昨日の球技大会もお休みでした」

私は、気にかかっていた牧村の欠席のことを、結子に話した。

「でも……牧村さんの場合、球技大会なんかナンセンスだと言っていましたから、休むのはそんなに不自然だとは思いませんが……」

「そうですね。もう少し様子を見る必要がありそうですね。でも、なんとなく気にかかります」

「教師の勘というものですか」と、結子さんが真剣に訊くので、「そんなにすごいものではないけど……」と言って、私は笑った。

それから、続けた。

「学校は休んでいるのに、予備校にはちゃんと行ってるんですよ」

「勉強を怠けているわけではないんですね？」

「ええ、怠けてはいません」

「そういうところ、いかにも彼女らしいですね」

「確かにね」

「岡田先生……」

突然結子さんが、改まった調子で私に呼びかけた。

「何ですか」

私も真面目に訊き返した。

「私、最初にお約束していましたから、学校へ復帰します。先生に胸の内を聞いてもらえましたから、もう行けます。行けるような気持ちになりました」

「ありがとう。私が結子さんのお役に立てて、本当に嬉しいです。あなたが復帰してくれたら、校長先生、教頭先生、それからみんなが喜ぶと思います。では、来週の月曜日に、学校でお会いできますか」

「はい、来週の月曜日に学校へ行きます。今まで私の話につき合ってくださって、本当にありがとうございました」

○

月曜日、承子は始業時刻よりもずっと早く着くように学校へ行き、結子が今日から来るということを、あらかじめ校長、教頭に伝えた。彼らは嬉しそうな表情で、報告を聞いていた。

八時頃、承子が職員用の玄関のあたりで、事務の人と雑談をしていると、校門を入ってくる結子の姿が見えた。

彼女は、はにかんだ表情で、歩いてきた。

「約束を守ってくれて嬉しいです」

承子はにっこり笑って、彼女を出迎えた。

それから、結子を校長室に連れて行った。その後、職員室へ伴った。

結子は小さな声で言った。

「ずっと休んでいたので、決まり悪いです。どんな顔をして、職員室に入って行けばいいのかわかりません」

「平気ですよ。みんな優しい人ばかりですし、事情はわかってくれていますから」

承子は励ました。

その日の三年F組の朝のホームルームは、久しぶりに結子主導でおこなった。承子は内心はらはらしていたが、問題なく過ぎたので、ホッと胸を撫で下ろした。結子が来たことを喜んでいる生徒も見受けられたので、心底よかったと思った。そういう生徒たちも、クラス内に牧村がいたら彼女に遠慮して、喜びを外に表せなかっただろう。

承子は牧村の影響力を改めて知った。クラス内の空気は、牧村で変わると言っても過言ではない。

放課後になると、結子は疲れ果てた顔で、職員室の自分の席についていた。

「ご苦労さま。復帰第一日目は、成功しましたね。今日はもう帰って、ゆっくり休んでください」

承子はねぎらいの言葉をかけた。

「今日私がうまくできたのは、岡田先生のフォローのおかげです。ありがとうございました」

結子は礼を言ってから、牧村のことを話題にした。

「今日も、牧村さんはお休みでしたね」

「いよいよ本格的な不登校状態になるのかしら」

承子は首をかしげながら言った。

第二部

岡田承子

結子さんの気持ちがイマイチわからない時がある。

牧村さんには、学校へ来られなくなるほど精神的に痛めつけられたというのに、こんなことを言うのだ。

「承子さん、私に牧村さんの家に電話をかけさせてくれませんか」

私は飛び上がるほど驚いた。

そして、こう訊かずにはいられなかった。

「結子さんが電話を？　それはいったいどういう気持ちからなの？」

「牧村さんは私を悩ませた生徒でしたけど、今彼女が困ってるのなら、私がなんとかしてあげたいんです」

「そんなことをして、大丈夫ですか。また何かあったらどうするんですか。またあなたが悩むことになる可能性だってありますよ」

「わかっています。でもやりたいんです。やらせてください」

「……わかりました。そこまで言うのなら、やってみてください。そのかわり、電話をしたら、その結果をすぐに私に報告してくださいね」

「電話をしたら、必ず報告します。わがままを言ってすみません」

市原結子

私の声は、弾んでいた。

「承子さん、うまくいきました。牧村さんは案外素直に話をしてくれましたよ。私、今度の土曜日に、彼女の家に行く約束までしてしまったくらいです」

「家に行くって、それは突然すぎないかしら。どうしてそこまでやるの、って思いますよ。土曜日には、牧村さんの両親にも会えるんでしょうね」

「たぶん」

「たぶんって？」

「確認しませんでしたが、会えると思っています」

「ちゃんと両親も揃っているところへ行くなら安心だけど、彼女ひとりでは……」

承子さんは呆れているようだ。

「心配ありませんよ。彼女は、私にすっかり心を開いてくれたんです。昨日の電話の会話を、承子さんにも聞かせたいくらいでしたよ。愉しく会話して、愉しく笑い合えたんですから。ふふふ」

「それなら……いいけど」

「承子さんは、牧村さんのことを信じていないんですか。生徒のことをむやみに疑っちゃダメですよ」

「それはそうなんだけど……。あまりに呆気なくうまくいってしまうので、ちょっとひっかかるのよね」

「大丈夫、大丈夫。土曜日の結果は、またすぐにご報告いたします。夕方には家にいてくださいね」

○

承子は、結子の前で不安な顔をしているのもよくないと思い、明るく振る舞っていた。

結子は、約束の土曜日まで、数学の授業もいきいきとこなし、朝と帰りのホームルームもきびきびとやっていた。

「順調にいってるわね」と承子が声をかけると、結子は少しだけ恥ずかしそうに、「可もなく不可もなくといったところです」と答えた。

「そう。私は考えすぎているのね」

承子は少し安心した。

次の土曜日になった。

承子は、その日一日を落ちかない気持ちで過ごした。頭に浮かぶのは、結子と牧村のことばかりだった。

その夜、八時になっても、結子から電話はかかってこなかった。

岡田承子

結子さんが夜になっても電話をしてこないので、ひどく心配になった。八時を過ぎたので、自分から電話をしてみることにした。

三沢さんが出た。

「あ、三沢さん、今日のことは聞いていますか」

「はい、結子さんが、牧村映美さんという生徒さんの家庭訪問をするということは、聞いています」

「もう、結子さんはお帰りになっていますか」

「はい。でも、様子が変なんです。帰るなり浴室へ行かれて、シャワーを浴びていらっしゃるようでした。私は、あまり気にするのも失礼かと思いましたので、浴室には近寄らないようにしていました。その後は、お部屋に入られて、出てこられないんです。

何かよくないことが、結子さんの身の上に起こったんじゃないかと心配なんです」

「それは、気になりますね」

「ええ、ですから、岡田先生、明日こちらへ来ていただけないでしょうか。今夜はもう遅いので、明日……」

「私の方は今日でもかまいませんが、どうでしょう。私の方も気になってしまって、明日までとても待ってはいられません」

「でも、電車の都合がおありになるでしょうから」

「今夜は車で行きます。夜の道は空いていますから、すぐに着けると思います」

「そうですか。それではお待ちしております。何分後くらいになりますか」

「二十分後くらいには着けると思います」

八時を過ぎた夜の道は、思っていた通りに交通量が減っていて、走りやすかった。

結子さんの家に近づくと、三沢さんが表の通りで待っていた。こっちこっちと手招きしている。私は彼女の誘導に従って、家の駐車場に車を停めた。奥には、高級車が二台停めてあった。車から降りると、三沢さんが「ここからは玄関よりも勝手口の方が近いので、今夜は勝手口から入ってください」と申し訳なさそうに言った。

家に入ってから三沢さんのあとについて、階段を二階へと上《のぼ》った。

結子さんの部屋は、長い廊下の突き当たりにあった。

三沢さんはドアを叩きながら、声高に叫んだ。

「結子さん、岡田先生が来てくださいました。ドアを開けてください」

結子さんの反応は、すぐにはなかった。ドアを開けようか開けまいか、迷っているのかもしれない。

今度は、私が呼びかけた。

「市原先生、今日のことを聞きに来ました。お電話がなかったので、心配していたんですよ」

ドアが細く開いた。

結子さんが顔を出した。

「岡田先生、連絡しないで、失礼しました。どうぞ中へ入ってください」

振り返ると、三沢さんは大きく頷いている。目には、お嬢さまのことはすべてお願いしますという気持ちが、表れていた。

家政婦・三沢

今夜、私は結子お嬢さまのことが心配でたまらない。昼間うきうきとした様子で、牧村映美さんという生徒さんの家に行った。それなのに、帰ってきた時には、まったく元気がなく、別人のようだった。牧村さんという人の家で何かあったんだ。それも気が滅入るほど嫌なことが……。結子さまは、私には何ひとつ話してくださらないま、自分の部屋に引き取ってしまわれた。私はここまで結子さまの親代わり務めてきた。いいえ、親代わりではないわ。親そのもの。私はお嬢さまを自分の娘と思ってきたわ。お嬢さまの方も私を親として見てくれていた、と思う。そう思ってここまでやって来た……。

あれこれ考えていると、岡田先生から電話がかかってきた。ありがたかった。私は不安な気持ちを先生に打ち明けた。そしたら、こんな夜遅くでも、家に来てくださるということだ。ますますありがたかった。

――私は、外へ出て、岡田先生を待っていた。

岡田先生はきっかり三十分後に、車で現われた。「二十分で行きます」と言っていらしたが、無理だったのだ。私は家の裏手にある駐車場に導いた。先生は駐車場に停めてある高級車を見て、驚いた様子だった。驚くことはないのに。二台ともほこりをかぶっているのだから。今夜は、岡田先生に通用口から家の中に入ってもらった。それから、階段を上って、結子さまのお部屋の前まで案内した。

先生が大きな声で呼びかけると、ドアが開き、結子さまが顔を覗かせて「どうぞ」と言った。

岡田先生は、結子さまのお部屋に入って行った。

私は、先生にすべてをお任せしよう。そうするしかない。結子さまが先生に対して、素直になってくだされればいい。

岡田承子

「承子さん、連絡しないで失礼しました。どうぞ中へ入ってください」

ドアが細めに開いて、結子さんが顔を覗かせた。

私は、後ろにいる三沢さんの方を振り返った。彼女は「お願いします」と、目で訴えていた。

私は部屋の中へ入って、ドアを閉めた。

部屋は薄暗かった。

「ごめんなさい、暗くて。こうしておかないと、承子さんとうまくしゃべれそうにないので……」

結子さんは、小さな声で言った。

彼女は壁際にあった椅子をベッドの前に置いた。その椅子に座るようにと、私を促した。私は座った。彼女自身はベッドに腰掛けた。

結子さんは下を向いていたが、やがて決意したように、顔を上げた。私は黙って、彼女の言葉を待っていた。

彼女は静かな声で話し始めた。

「午後三時に、牧村さんの家に行きました。大きくて立派な家でした。牧村さんのご両親はお留守で、家には彼女と通いのお手伝いさんのふたりでした」

「え、待って。大きな家にお手伝いさんって、それじゃ、結子さんの家とまったく同じじゃないの」

私は驚いて、思わず口をはさんでしまった。

「そうなんです。私もびっくりしました。親近感を覚えてしまったほどです。がらんとした家が、私の家とよく似ていたんです。映美さんには、年の離れたお姉さんがひとりいるそうですが、とっくにアメリカ人と結婚してアメリカに住んでいるそうですから、結局彼女はひとりっ子みたいなものでした」

「そこのところも、結子さんに似てるわね」

「はい。……私は、牧村さんの部屋に通されました。最初は大学受験の話をしました。そしたら……突然、彼女が『好きです』と叫んで、私に抱きついてきたんです。私は親にさえも抱かれたことはないんです。たとえあったとしても、意識にのぼってこないのですから、ないも同然でしょう。ですから、パニックに陥ってしまって、どうしたらいいのかまったくわからなくなってしまいました。その後首を絞められました」

「え、抱きしめられた後、首を絞められたの？」

「ええ。でも、最初は違ったのです。初めは静かに抱きついているだけでした。……その後徐々に首を絞められたのです。いえ、正確にはそうではなかったかもしれません。でも、私にはそう思えたんです。息苦しくなって……少しもがいたかもしれません。彼女は小さい頃から体格がよかったとかで、小学生の時には柔道を習っていたらしいのです。これは、彼女の言葉から知りました」

「柔道を？　それでどうなったの？」

「私は……すっかりパニックを起こして、気を失ってしまいました。彼女は私の名前を呼んでいたようでした。遠くの方から声が聞こえるような気がしましたから」

「気を失ったの？」

「ええ、少しの間でしたけど、記憶が飛んでるんです」

「記憶が？」

「……ええ、気を失っていたみたいです。……それだけじゃなかったんです。気を失うとき……出血量が増えてしまって」

「出血量って、生理だったの？」

「……ええ」

「首を絞められたなんて、ひどいわ。牧村さんのしたことは許せないわ」

私は、頭に血が上るのを感じた。

「私も初めはひどいことをされたと思って、悲しくなりました。でも、すぐに思い直したんです。私は、このくらいのことをされた方がいいんだ、って」

「どうして、そこまで……思うの？」

「今までずっと私は逃げてきました。生徒に真剣に向き合うということをしてこなかったんです」

「だからって、そこまでやられることはないでしょう。下着やスカートは汚れなかったの？」

「それは……」と言って、結子はかすかに笑った。

「笑いごとじゃないわ」

「笑ったりして、ごめんなさい。下着は汚れたので、牧村さんが自分のを貸してくれました。スカートも少しは汚れたのですが、不幸中の幸いと言うのでしょうか。紺色のものを穿《は》いていたので、汚れが目立たなくてよかったんです」

「そう……でしたか」

「承子さん、あきれてものも言えないって顔をしていますね。……これからも彼女が学校へ来るまでずっと、私は家庭訪問をしてもいいと思ってるくらいなのに」

「どうして？　私には、そんなことを言う結子さんの気持ちが理解できないわ」

私は、本心からこう言った。

「理解……できませんか。この私がいいと言っているんですから、かまわないでしょう？」

「……」

「来週の金曜日までに牧村さんが来なければ、土曜日にまた彼女の家まで行ってみます」

「でも、結子さん、もっとよく考えた方がいいわ。絶対、もっと考えた方が……いいに決まっています。だって……」

「じゃ、今ここで承子さんが……私を抱きしめてくださいますか」

「それは、どういう……？」

結子さんの言葉が思いがけないものだったので、私は驚いていた。

「牧村さんに抱きつかれて、遅ればせながら私は悟ったんです。自分の気持ちに初めて気づいたんです。私は誰かと抱き合いたかったんだって。私はずっと寂しかったんです。だから、誰かに言われたいんです。『いつも私がそばにいるよ』って。承子さんは、私にそう言ってくださいますか」

「それは……」

「できないでしょうね。できるのは、電話で思い出話を聞くことくらい。あ、ごめんなさい。こんな言い方、失礼でした。もちろん、聞いてくださったことは、感謝してますよ。だけど、それだけじゃ……私の心は満たされないんです。そこのところをわかってほしいんです」

結子さんの瞳は濡れていた。光線の具合でわかった。

「だから、あなたは、牧村さんに恋の相手になってもらおうと……？」

「いけないことですか」

こう尋ねる結子さんの表情は、硬かった。

私は何をどう言ったらいいのか、わからなかった。

「『いけない』と言われたら、この先私はどうしたらいいのかわからない」

結子さんはつぶやいて、つらそうに目を伏せた。

私の予想に反して、牧村は翌週の月曜日には学校に姿を現した。これで、結子さんによる家庭訪問はなくなった。

私は胸をなで下ろした。

牧村映美

放課後、私は職員室へ岡田先生を訪ねた。

「先生、ちょっと話したいんですが」

「ああ、ちょうどよかったわ。私の方もあなたと話したいと思ってたの。隣の部屋が空いていると思うから、そこへ行きましょうか」

先生は私を視聴覚準備室へ誘った。

中へ入ると、ドアをきっちりと閉めた。

先生は最初から厳しい声音で尋ねた。

「市原先生があなたの家を訪問した時のことだけど、あなたが先生の首を絞めたというのは、本当なの？」

「ずばり訊くんですね」

私の方はまずこう言ってから、笑った。それから続けた。

「いいえ、私は首を絞めてはいません。市原先生の思い違いです」

「でも、市原先生が気を失ったことは認めるのね？」

「ええ、認めます。あの時はびっくりしました」

「どうして、そんなことになったのかしら」

「さぁ、あの先生、私の家《うち》に来る前からかなり緊張していたみたいだったから、ちょっと私が触れてもビリビリッと電流が走ったみたいになっちゃったんでしょうね。緊張のしすぎで、失神しちゃったんだと思います。だけど……元はと言えば、岡田先生、あなたが悪いんですよ」

私は先生を軽くにらんだ。

「私が？」

先生は、予想外の私の言葉に驚いたようだった。

私はゆっくりと言った。

「岡田先生が私の方をちっとも振り向いてくれないから、こんなことになったんだと思います」

「私が振り向くってどういうこと？」

先生は、ますます困惑したような顔になった。

「言葉のとおりですよ。新学年の初めに、私は先生に、心からの愛を告白しました」

「私は告白された覚えはないけど……」

「これですものね、大人ってひどいです。『愛しています』と書いた手紙を、ブルゾンのポケットに入れておいたのに……」

「ああ、あれ？　思い出したわ」

「一応は覚えていたんですね」

「それは覚えてるけど。誰かがふざけて入れたんだと思ってたわ。短いメモのように見えたし、封筒にも入ってなかったから」

「先生にあの手紙を無視されたと思った時には、ひどいショックでした」

「まさか、そんなことを真面目にしてくる女子生徒がいるなんて、夢にも思わなかったから」

「男子生徒ならいいんですか。女子では駄目なんですか。私はこんなにも真剣に、岡田先生を思っているのに……」

「牧村さん、そんなに簡単に『思っている』なんて言うものじゃないわ」

「簡単になんて言ってません！　これでも悩み抜いた末に、やっと言ってるんです！」

「私は普通の女性《おんな》なんですよ。だから、あなたの気持ちには……」

「普通の女性《おんな》って、何ですか。私がまともでないとでも言いたいんですか。教え子に向かって、あまりにひどい言い方ではありませんか」

　私は、愛憎をこめて岡田先生を見つめた。

「ごめんなさい。悪かったわ。あなたを傷つけたわね。謝るわ」

「本当にひどいです。今の私は、岡田先生が許せなくなっています。どうやったら先生を苦しめることができるのか、一生懸命考えています」

　私は、本当に残酷な気持ちになっていた。

「市原先生にもっと迫ってみるのはどうでしょうか。あの先生は、岡田先生のアキレス腱でしょうから」

　私は、岡田先生を思いきり苦しめてやりたくなった。

「これ以上、あの先生を苦しめるのはやめてちょうだい。私が憎いなら、矛先《ほこさき》は私に向けるべきです」

　岡田先生の顔は赤くなっていく。先生がどんどん真剣になっていくのが面白い。こちらは、もっともっと苦しめてやりたい、と思う。

「私は、好んで悪役になっているんです。だから、容赦なく、弱いところから攻撃していきます」

　こう言い放つのは、快感だった。

「あなたは市原先生に嫌がらせをして、先生を登校拒否にさせたわ。そして、その後は家に呼んで……」

「失神ですか。あきれますね」

私はなるべく残忍に見えるように、唇の横を曲げて笑った。

「ああ、おかしい！」

「牧村さん！　そんな言い方は……」

先生は必死な声を出して、私の名を呼んでいる。

もっと呼んで、先生。できたら、牧村さんではなくて映美と呼んで！　私は、心の中でこう叫ぶ。

でも、声にはその気持ちが出ないように、気をつけた。

「失神したことはもちろんかなり驚きましたけど、その前のことでも本当に情けないと思いましたよ。一生徒《いちせいと》に質問をされたくらいのことで、学校に来られなくなる教師がいるなんて。それも副担任の身でありながら。あきれました。最低最悪です」

「ひどいわ、あまりに無礼だわ」

岡田先生の顔は、今は青白くなっている。

「あの先生は、あのくらいやられてちょうどいいんです。私生活では親の愛情が不足しているみたいだし、恋の相手もいないみたいだから、かなり欲求不満なんですよ。きっと、誰でもいいんですよ。ちょっと抱いてあげれば、ころっとマイってしまうんです」

私は声を立てて笑った。

「市原先生の気持ちをもてあそぶのはやめなさい！」

——岡田先生は、私の気持ちをわかっていない。市原先生は、ただの代償だってことを。

本当は、岡田先生、あなたと恋仲になりたいのよ。

岡田承子

牧村の言動に対して、自分の気持ちを抑えきれなくなっていた。なんとなく彼女の腕をつかみたいという衝動に駆られて、右手を動かしたが、逆につかみ返されてしまった。

「そう言い切れますか」

「……当たり前です」

「そうでしょうか。あの先生は、人間《ひと》の温もりを求めています。だから、きっとまた私のところへ来ますよ。賭けてもいいです」

「そんな……」

私は返す言葉が見つからないもどかしさを覚え、唇を噛んだ。

「市原先生が私に愛情を求めてくるのを、阻止してみたらどうですか。できるものならね」

牧村はそう言った後、再び腕に力を入れた。とりわけ左腕に力をこめた。それから空いている右手を私の胸に伸ばしてきて、乳房をつかんだ。

「あ、なにをするの？」

乳房をつかまれた私は、度肝を抜かれた。

彼女は、私の困った様子を楽しんでいる。

「だから、言ってるんです、岡田先生は隙がありすぎるって」

「やめて、や……めて」

「ここが、乳首ですね。固くとがってきた。感じているんですね」

「あなたに触られて……感じる……はずは……ないわ。私はレズじゃないわ」

「案外レズの気《け》があるのかも？　自分ではまだ耕されていないだけだったりして」

「そんな……」

「この光桜学園にやってきたのが、レズだっていう証拠かもしれませんよ」

そう言い切る牧村の顔が、悪魔に見えた。

牧村映美

私はついに、岡田先生にキスをした。

夢にまで見ていたキス。キスをする瞬間、肩のラインで切り揃えてある先生の髪の裾が揺れて、かわいらしかった。

あまりロマンチックな状況でのキスではなかったけれど、まぁ仕方がない。そのへんのところは目をつぶろう。キスだけではなくて、もうひとついいことができた。先生の胸をつかむことができたのだ。スリムなからだに似合った小さめでかたく締まった乳房だった。感度がよかった。いや、やめてと言いながらも、先生のからだは正直だった。乳首が固くなっていくのがわかったときには、感動した。

先生にとっては、ショックだったようだ。もしかしたら、私が、先生の胸を触った第一号の人間かもしれない。たぶんそうだ。嬉しいな。心が浮き立ってしまう。

岡田承子

二学期の途中、十一月の初めの頃、三年F組に転校生が入ってきた。校長先生の親戚に当たる人の娘で、名前は長野美弥《ながのみや》といった。転校第一日目の紹介の時、彼女が黒板の前に立っている姿は優しげだった。

クラスの反応は三つに分かれた。

「こんな時に転校生なんて気が散って嫌だ」というグループと、「煮詰まっているこんな時だからこそ、新しい人が入ってきてくれると気分転換になる」というグループと、「他人は他人なんだから、別になんとも思わない」という無所属派のグループだ。

私は、内心こう期待していた。

(前の学校での長野さんの成績はよかったから、センター試験で高得点を取ってくれるのではないかしら)

自然と気持ちはセンター試験のこと、それから大学受験のことに向かっていく。

(まずセンター試験のことを考えるとは、私も三年生の担任だ)

牧村は、渋面を作っている。長野の存在を受け入れる気持ちが薄いようだ。長野の優しげな顔かたちも、気に入らないのだろう。


朝のホームルームの後、私は校長から呼ばれた。

校長は満面に笑みを浮かべて、私を迎えた。

「ああ、岡田先生。あなたのがんばりは教頭先生からいつも聞いています。……今回、こんな時にびっくりなさったでしょうけれど、長野美弥を先生のクラスにお願いすることにしました。実は美弥は私の遠縁に当たる者の娘でして、前の学校でうまくいかなくて、不登校になりかけていたのですよ。成績は非常に優秀ですし、生活態度も悪くはなかったのですが『理数系がよくできる上に国語力もあるというところが、いけすかない』と友達から言われていたようです」

「まわりの人たちからひがまれたんですね」
「まぁ、早い話がそうですね。美弥は小説やエッセイも書く子で、小さい時からよく表彰されていました。……いずれにしましても、この学校でうまくやっていってくれることを望んでいます。岡田先生も市原先生も、心のきれいな優しい先生たちだと、遠縁の者に話しましたところ、美弥を預けたいという返事でした」

夏休み前に、牧村さんにいやらしいことをされたことはショックだった。あの人にあんな趣味があるとは思わなかった。逃れたくても、あの人の力は強くてとても抵抗できなかった。二の腕の、つかまれたところがあざになった。……誰にも見られていないと思うのだけど、少し心配。この学校には、油断できない人がいそうだから。

それから、季節外れの転校生、長野美弥さんのこと。

大学受験を控えたこんな大事な時期に転校してくる生徒がいるとは、正直驚いた。そしたら、やっぱり校長先生の親戚筋の人の娘さんだという。納得した。

校長先生からしっかり面倒をみてやってくれと言われてから、しばらくは長野さんのことを気をつけて見ていた。彼女は、クラスに溶け込もうと努力しているようだった。級友にはいつでも笑顔を向けていた。

牧村さんとの間はどうか。でも、それほど心配することもないのかもしれない。

市原結子

職員室に行くと、承子さんが期末テストの問題を作っていた。

まわりには誰もいなかった。今日は週の半ばの水曜日だからだ。「週に一度くらい残業はゼロにしよう」という校長、教頭からの呼びかけに従って、岡田先生と私以外の教職員は全員帰っていた。

私は、承子さんに話しかけた。

「もう期末テストの時期なんですね。早いものですね」

「私には長く感じられましたよ」

承子さんは私の顔を見たまま、こう言った。

私は思いきってこう尋ねた。

「今までずっと先生に聞きたくて聞けなかったことがあるんです」

「え、何のことかしら」

「夏休み前のことでしたけれど、視聴覚準備室で、牧村さんと何を話していたんですか」

承子さんは、真剣な顔になって答えた。

「別に何も。でも、あの、結子さんは、牧村さんと関わりすぎないようにしてほしいんです」

「なぜ……ですか」

私は訝《いぶか》しく思った。

「彼女は普通でないみたいに思えるからです」

「普通でないように見える、ですか。魔性の女とでも言うんですか」

「あの、つまり、すごく言いにくいことなんですけれども、彼女とそういう関係になったら、あと戻りしにくくなると思うんです」

「まともな女性には戻りにくくなるということですか」

「はっきりそうだとは言えないけど……」

承子さんは曖昧にこう言いかけた。

「じゃ、承子さんが今すぐ私に恋の手ほどきしてください。承子さんが最初の相手なら、承子さんとの恋愛関係が終わった時に、私はまともな女の道に戻れるような気がします」

「何を言い出すのかと思ったら……。牧村さんも結子さんも、私を困らせるのね」

「困りましたか」

「もちろんよ。あなたたちは、愛だとか恋だとか言いすぎるわ。そんな言葉を、軽々しく口にすべきではないと思うわ」

「私は、決して軽々しく言っているんじゃありませんよ。そんなふうに決めつけないでください。私たちが求めている世界が、承子さんには理解できないだけです。承子さんは、親から愛情をたっぷり注がれて育ってきたのでしょうから」

「たぶん、いいえ、きっと、私には、結子さんや牧村さんの気持ちはわかりません」

「承子さんは正直ですね。正直すぎて残酷です。本心なんて、誰も聞いてないのに」

「……」

承子さんは、言葉に詰まっていた。

「嘘でもいいから、わかる気がするとか言ってくれたらいいんです」

私は、承子さんに訴えるように言った。

「私自身、言葉に裏切られたことが何度もあるから、そう容易《たやす》くわかるなんて言えないの」

彼女はつらそうな顔をしていた。

「だけど、人間、本音でばかり生きてはいけないでしょう？　そんなことくらい、承子さんにだってわかっているはずです」

私は必死になって言い返した。

「そう……ね」

承子さんは、不承不承という顔でうなずいた。

「当てにならないとわかっていても、言葉にすがりつきたくなる。そういう時ってあるんです。きっと、牧村さんも同じ気持ちでいると思います」

「そうでしょうか。私には、彼女の気持ちは推し量れませんが」

承子さんは、相変わらず苦しそうにしている。

彼女と牧村さんの間に、何があったのだろう。図らずも、私の心の中に、嫉妬の感情が湧いてきた。だけど、私はいったいどちらに嫉妬しているのだろう？　最近、自分の気持ちがわからないことがある。気持ちを持て余している。

岡田承子

結子さんに、牧村さんと何を話していたのか訊かれた。どきっとした。本当のことは言えない。だから、私は話をすり替えた。もっとうまくすり替えたかったが、ぎこちなくなってしまった。

だけど、あの長野美弥が、私の方を食い入るように見つめているのは気にかかる。

あの目は何を言いたいの？

長野美弥

今度の学校、光桜学園には最初から何となくなじめる気がしていたが、やはりうまくいった。私の外見のことを誉めてくれる人まで出てきた。数冊のノートを胸に抱くようにして持って、視線を斜め下に落としていたら、物憂げな乙女に見えると言ってくれた。クラシックな三つ編みの髪型が、いい雰囲気を醸し出している、とも言ってくれた。

だけど、このクラスにひとりだけ気に入らない人がいる。牧村映美という大柄でごつい感じの人だ。

私が「ねぇ、ねぇ、牧村さんてどういう人？」と訊くと、皆一様に「ああ、あの人？何を考えてるかわからない人ね」と答えた。

「でも、数学が超できる人よね」

「うん。数学オタクかも？　長野さんみたいにオールマイティにできるってタイプじゃないわ、あの人は」

「私だって、そんなにできないわよ。かいかぶらないで」

「ご謙遜。あ、そうそう、牧村さんって、岡田先生のこと、好きなのかも？」

「好き？　好きって人間として好きってこと？　それも、担任だから？」

私は、無邪気な態度を貫いて訊いた。

「その『好き』じゃないわ。人間としてだなんて、長野さんってスゴク純情なのね。この場合は、恋愛感情の好きよ」

「じゃ、あの人……もしかして、まさか」

「まさかじゃないわ。見た人がいるのよ、夏休みになる直前に。その人、牧村さんと岡田先生が視聴覚準備室に入っていくのを、見たんですって。ふたりの間におかしな空気が流れていたから、しばらく様子を窺っていたらしいわ。そしたら結構長いことどちらも出てこなくて、それでも根気強く待っていたら、岡田先生ひとりが出て来たんですって。先生の顔は赤くなっていて、髪は乱れていて、いつもと感じが違っていたらしいわ。何かあったのよ、ふたりの間に」

「へぇ、そうなの。何してたのかしらね」

「訊いてみたいけど、どちらにも訊けないわね」

私には、何があったのか、ピンときた。前の学校にもそういうことはあったから、わかるのだ。

数学の質問のついでのような振りをして、岡田先生に探りを入れてみようかな、という気持ちになった。牧村さんの方を攻めるわけにはいかないから。

廊下を通る岡田先生の姿を見かけたので、早速声をかけた。

先生は立ち止まってくれた。

岡田承子

長野さんに声をかけられた。

数学の問題に、どうしても解けないものがある、と言う。

私は、職員室でゆっくりと教えてあげようとしたが、彼女は、まわりに先生方がいると気が散って落ち着かないから、三年Ｆ組の教室で教えてほしい、と言う。

私は深くは考えずに、彼女の要求に応じた。

長野美弥

岡田先生はとても親切で思いやりのある先生だと思う。

今日も気軽に私の質問に答えてくれた。

数学の話が終わると、先生は「もうクラスにも慣れたみたいね」と笑顔で言った。

「ええ、皆いい人ばかりなので」

「それはよかったわ。二年の二学期の途中からだったから、私は内心心配してたのよ」

「ご心配をおかけして、すみません。ところで……先生と牧村さんが視聴覚準備室で……抱き合っているのを見た、という人がいるんですが」

私は先生に爆弾を投げつけた。

先生はかわいそうなくらいにうろたえてしまい「誰なの、その人は?」と訊いた。

「ニュースソースは明かせません。教えてくれたその人に悪いですから」

私は先生を焦《じ》らした。

「抱き合ってなんかいません」

先生はヒステリックに叫んだ。

「落ち着いてください。別に、岡田先生が誰と抱き合おうと、私には関係ないんですから」

「でも、わざわざF組に来たのは、その話を私にするためだったんでしょ?」

「まあ、そうです。だって、そんなこと、他の先生方に聞かれたくないでしょうから」

先生は、黙って席を立った。無言のまま部屋を出て行こうとしている。

「もう職員室へ戻られるんですか」

その背に問いかけた。

それでも先生は何も言わない。

私は第二の爆弾を投げつけた。

「市原先生です、岡田先生と牧村さんとのことを教えてくれた人は」

先生の動きが止まった。こちらをゆっくりと向く。

「反応を示してくださいましたね。ニュースソースは、副担任の、市原先生です」

私はもう一度はっきりと言った。

「本当なんですか。嘘はいけませんよ」

「告発されますか」

私は笑いを含んだ声で尋ねるように言った。

岡田承子

長野美弥の言葉が気にかかった。市原先生が私たちのことを見ていたですって？　まさかそんなこと……。落ち着かなくちゃ。正担任の私が動揺していたら、受験がうまくいかなくなってしまう。

長野美弥

私の方は憧れの気持ちを持って岡田先生を見つめているけれど、先生の方では別の意味で私のことを気にしているみたいだ。この間の爆弾発言が効いているのだろう。かなり気にしているみたいだ。

わざと明るく話しかけてみた。

「先生、市原先生に真偽のほどを確かめてみましたか」

「……」

案の定、先生は黙っている。訊きにくいのだろう。

「先生、さぞおつらいでしょうね。訊きたくても訊けないつらさ、お察しします。ところで、今日も放課後F組で勉強を見ていただけないでしょうか」

先生はうなずいた。

私は「ありがとうございます」と、オーバーなくらい丁寧にお辞儀をした。

岡田承子

放課後、クラスに行こうとすると、教頭に呼び止められた。彼に従って、校長室へ行った。

教頭は満足したように言った。

「最近、市原先生はちゃんと学校に来ているね。あなたの努力が実を結んだようだね。牧村映実という生徒の不登校も直ったということで、よかった。それから、校長の親戚の長野美弥君もすっかりクラスに溶け込んだように見えるね。この間三年F組の前を通りかかったら、美弥君の元気な声が聞こえてきたよ。その後は大きな声で笑っていたし。そのことを校長に報告したら、校長もとても嬉しそうだった」

「はい、市原先生と牧村さんのことはもう心配ないと思います。長野さんは大人顔負けの感受性を持っている生徒さんだと思います」

私は率直に答えた。

「そうなんだよね。美弥君の前では言葉を選ばなくちゃいけないらしいよ。下手なことを言うと、言い負かされちゃうと、校長は笑っていたよ。未来の検事さんだからね。先生は知ってましたよね、美弥君が検事志望だということは？」

「いえ、今初めて知りました。そうですか、検事になりたいんですか」

「これからも美弥君の力になってあげてください」

「はい」

校長室を出たその足で三階まで行き、Ｆ組へ行った。

長野は、窓から外を眺めていた。

「お待たせ。今日はどの問題かしら」

長野は窓から離れて、私のそばへ来た。

「先生、そんなに急がないでくださいよ。若者の夕方から夜にかけては長いんですから。あ、この場合の若者には、先生も入っていますよ」

「若者というよりも、私は教師ですよ。あなたたち生徒とは一線を画《かく》しています」

「はい、はい、わかりました。先生には、あまり私に歩み寄ってくださるような気持ちはないんですね」

「……」

私は黙って、彼女の続く言葉を待っていた。

「では、本当のことを言います。今日は数学の質問はないんです。先生とおしゃべりをしたくて、ここへ呼び出しました。こんなこと、ばらしちゃうと、次からもう来てくれなくなっちゃいますか。そうですよね、教師は、特に高三を受け持った担任は忙しいんだって、言いますよね」

「おしゃべりがしたいのなら、どんどんしましょう。どうぞ」

「じりじりしていらっしゃるようですね。ははは」

長野は朗らかな声を出して、笑った

「長野さん、あなたは検事になりたいんだそうね？」

私は話題を変えた。

長野は驚いたように訊いた。

「どうして知ってるんですか」

「私の方もニュースソースは明かせません」

私は冷たいくらいに澄ました顔で言った。

「いやだ、私の真似ですね。……それじゃ、牧村さんの話をしましょうか。彼女は、数学者になりたいそうですね。あの人にはぴったりですね。ひとりで孤独に研究をしていくのがいいでしょうから」

私は口をつぐんでいた。

私が沈黙しているので、長野は調子に乗って言う。

「そう、そう、私、思ったんです。岡田先生や私は昼行動するタイプの人間ですが、牧村さんや市原先生は夜行動するタイプの人だなって。夜行性なんて気味が悪くてゾッとしますが、世の中にそういう人たちがいることは認めます。芸術家や学者、革命家は、そういう人たちの中から生まれやすいのではないか、とも思います」

「それは乱暴な分け方ですよ。必ずしもそうとばかりは言えないでしょう」

「あと、夜行性の人の中から犯罪者も多く生まれますよね？」

「犯罪者？　穏やかじゃないわね。そういうことは、なるべく言わない方がいいんじゃないかしら、未来の検事さんとしては」

○

年が改まって、三学期になった。

三年生は自由登校になった。

あと数日で、センター試験というところまできた。

職員室の空気もピリピリしている。一年生や二年生の担任は、気を遣って小声で話をしている。

承子も、一日一日を緊張して過ごしていた。

時折、教頭が承子のところに来て言う。「教え子に大学受験をさせるのは、岡田先生にとっては、初めての経験ですから、さぞや肩の荷が重いでしょうね。特に、あなたのクラスは、副担任が頼りになりませんからね」

彼の言葉には、からかいや皮肉が多分に含まれている。承子はそれを感じるたび悔しくなった。だが言い返すこともできずに黙っていた。

教頭の言葉は、結子の耳にも届いたようだ。結子は「私のせいで、肩身の狭い思いをさせてしまっていますね」と、承子に詫びるように言った。

岡田承子

その日、私は仕事帰りに、結子さんを喫茶店に誘った。

壁際の席に座った。

「ふたりでペアを組んで一年近く経つけれど、こうして先生とお店に入るのは初めてですね」

「そうですね」

「ところで……」

私が言いかけると、結子さんは笑って言った。

「承子さんの言いたいことは、わかっています。私と牧村さんの関係が今どうなっているのか、お尋ねになりたいんでしょう?」

私は苦笑いした。

「私、あなたにも牧村さんにも心ないことを言ってしまったんじゃないかと、あれか

に毎日学校に通っているし……」

「そんなに悩まないでください。私も牧村さんも一応元気なんですから。毎日学校に
だって来ているし……」

「でも、ごめんなさい」

「牧村さんは一生懸命勉強してきましたよ。私はすぐそばで見てきましたから、知っ
ています」

「……結子さん、牧村さんのこと、よく知ってるような口ぶりですね」

「ええ、よく知っていますよ。だって、私たち今……あ、あの、今から言うことを、
驚かないで聞いてくださいね。……私たち、一緒に住んでいるんですから」

「え、一緒に住んでいるって！？」

「お互いに自分の家を出て、ふたりで暮らしているんです」

結子さんは照れたように笑った。

「そんな……全然知らなかったわ」

私は絶句した。

「そうでしょう？　他人には絶対に秘密でしたから。知られたら大変なことになりま
すからね。担任と教え子が同棲なんて、大スキャンダルでしょう？」

「お互いの家は大丈夫なんですか。親は許しているんですか」

「牧村さんの方は、両親を説得するのに少し時間がかかったみたいでしたけど、最終的には娘がいいようにするのが一番いいだろうということで、オーケーしてくれました。牧村さんは神経科を受診したんです。医師の見立てでは、家を出て親から離れるのがいい、ということでした。親とうまくいっていませんでしたから。……私の方は大人ですし、相変わらず親は家にいませんから、説得も何もありませんでした。三沢さんだけは、『寂しくなります。たまにはお電話かメールをくださいね』と言ってくれましたけど。彼女にそう言われるだけで、私は十分です。そう思えるようになっただけ、進歩したのでしょうね」

「そうだったの。牧村さんと肩を寄せ合って暮しているのね。でも、将来のある牧村さんのためには、くれぐれも気をつけてあげてください。結子さんはもう大人ですから、それほど心配はしませんけど、牧村さんの場合は、これから大学に行かなくてはならない身なんですからね」

「はい、わかっているつもりです。でも、ご忠告はありがたく受け取っておきます」

「……こんな言い方、失礼だけど……」

私は前置きを付けて、言った。

「……結子さんに、そこまでの行動力があるとは思っていませんでした」

「あの家から出たら、肩の力が抜けて楽になった気がします」

「そうですか。うまくやっていってください。市原先生と牧村さんを信じます。私からは、これくらいしか言えなくて申し訳ないですけど」

「いいえ、それで十分です。温かいお言葉です。ありがとうございます」


センター試験・第一日目の朝は、霧が立ちこめていて、ほんの少しの先も見えなかった。

（この霧が、新しい住まいから出てくる牧村さんの姿を、すっぽりと覆《おお》い隠してくれたらいい）

私は、そう期待した。

第三部

○

光桜学園の大学合格者の実績は、例年よりも悪くなってしまっていた。

志望校に受かるはずだった牧村と長野が、揃って不合格になってしまったことが、大きく響いた。

承子は気持ちが沈んだ。

彼女と結子は、校長室へ呼び出された。

待ち構えていた教頭は、眉間にしわを寄せて言った。

「F組の成績は振るわなかったようだね。片やE組は、成績がよかったんだよ。E組とF組の二クラスは、国公立クラスと銘打っているんだから、こんなことでは困るんだよね。有名大学合格者数で、光桜学園の人気が決まるんだからね。我が校をもっと天下に知らしめるような実績を修めてくれなきゃ……」

承子は結子を気遣って、彼女の横顔をちらりと見た。彼女の肩が小刻みに震えているのが、気にかかる。気の弱い彼女のことだ、嗚咽をこらえているのかもしれない。

教頭とは違う性格を持った校長は、穏やかな人間らしさを発揮して、柔らかな口調で、承子に尋ねた。

「それで、牧村君はどうすると言っていますか。浪人ですか、それとも第二志望大学へ行きますか」

「浪人して、来年また同じ志望校を受けると言っています」

「そうですか。うちの美弥と同じですね。美弥も、絶対に第一志望へ行きたい、と言っています。若い時の一年や二年は、長い人生から見たらどうってことないですから、やっぱり行きたいところへ行くのが一番ですね」

「はい、私もそう思います。あわてないでじっくり勉強に取り組んでいってもらいたい、と思っています」

「あわてる乞食はもらいが少ない、ですか」

ここで、教頭が「乞食」などと言ったので、場がしらけた。

市原結子

大学の合格実績が出てから、Ｆ組に親からの抗議の電話が数本、職員室にかかってきていた。それらの電話全部に、承子さんが出てくれた。気の弱い私を守ってくれたのだ。その上、今日は校長室に呼ばれた。教頭先生からバッシングを受け、私は身の置きどころがなかった。

その日、私が牧村さんとの――もう映美さんと呼びます――「家」に戻ってくると、彼女が夕食を作って待っていた。メニューは、豚肉の生姜焼きと鮭のムニエルと小松菜のポタージュスープだった。生姜焼きとムニエルは私の大好物、小松菜のポタージュは季節を意識しての献立だ。小松菜がたっぷり摂れて、風邪予防にもなりそうだ。

牧村映美

私の浪人が決まってからというもの、市原先生は涙もろくなっていた。「責任を感じているの」とも、口に出してはっきり言っていた。市原先生は——ここからは結子さんと呼びます——壊れやすいガラス細工のような人だ。決して結子さんのせいではないのに……かわいそう。

私自身のせい、トラブルメーカーは私。騒ぎの発端となることがらを引き起こしたのは、この私なのだから。

結子さんが教頭先生に叱られた日、私が食事の当番に当たっていた。そして、たまたま結子さんの好きなものを作っていた。こういうのって、テレパシーが働いたとでも言うのかな。意気消沈して帰ってきた結子さんにとって、慰めになったみたい。「ありがとう」と何回も言って、食べていた。小松菜をミキサーにかけてスープにした料理については、「わぁー、すごい。こんなの食べたことない」と叫んでいた。私は「最近は何でもミキサーにかけちゃう世の中だから、私もちょっと真似してみたのよ。それだけのことよ」と答えたが、内心すごく嬉しかった。

市原結子

映美さんと暮らし始めてもう四ヶ月になる。

これから彼女は予備校に通う。予備校にかかるお金はどうなるのだろうと心配したが、彼女の親が出してくれることになった。この間彼女はちょこっと実家に帰っていた。お金のことを話しに行ったのだと思う。

最近、嫌なことがある。私たちは家にも電話をひいているのだが、それに無言電話がかかってくるようになったのだ。この場所の番号を知っている人は限られている。一体、誰がかけているのだろうか……。承子さんに話してみよう。

新学年が始まって、承子さんは一年A組の正担任に、私は一年D組の副担任になった。

三年生の受け持ちでなくなったことで、承子さんと私は顔を見合わせてため息をついた。「格下げ」だ。格下げなんてマイナスな言葉は使いたくないが、当然だと思った。承子さんの本心はどうなのかはっきりとはわからないが――たぶん多くの失望とほんの少しの安堵が混じった心持ちなのだろう——承子さんに逆らうようだが、気弱な私は気楽でいられるから、この方がいい。

無言電話は続いている。誰がしてくるのだろう？　長野美弥だったりして？　まさかね。

○

承子は、長野について情報がほしいと思った。校長には訊きにくい気がしたので、教頭に彼女のことを訊くことにした。教頭は噂好きそうに見えるから、話してくれるだろう。

「美弥君か。ここだけの話だけどね、彼女ね、頭が壊れちゃったかもしれないんだよ。よく勉強しすぎてからだを壊すって言うけど、頭を壊しちゃう人もいるんだね」

思った通りだった。

教頭の口は軽い。

「まぁ、頭を壊しちゃったなんて。校長先生はすごく心配なさっていらっしゃるでしょうね」

「うん。短い間だったけど、校長も彼女をこの学校に呼んで、面倒を見たからね。気にしてるよ」

「それで、彼女、今予備校に通ってるんですか」

「ううん、通ってない。神経科に通院してるけど、刺激のあることをしちゃいけないって言われてるから」

「神経科ですか」

「うん、そうなんだ。本当は入院した方がいいみたいなんだけど、本人も家族も抵抗があるみたいで……通院で凌《しの》いでいるんだって話だよ」

「そうでしたか」

「入院するのも、時間の問題かもしれないよね。私なんかは、そう信じ込んでいるんだけどね」

教頭は乾いた声で笑った。

岡田承子

私は結子さんの声を聞こうと思い、彼女と牧村さんの部屋に電話をかけた。

「あ、もしもし、承子です。学校では毎日お会いしていますけど、個人的にはほとんどお話できなくなってしまったので、かけました。牧村さんも元気にしてますか」

「ええ、彼女もとても元気です。予備校には休まず通っています」

「それは結構です」

「彼女に代わりましょうか」

「あ、代わってもらえるなら、ちょっと声を聞きたいわ」

それからしばらく、ふたりの話している声が聞こえた。

「いいの、岡田先生と話しても？　あとで妬いたりしない？」という牧村さんの声がはっきりと聞こえ、その後「私は大人のつもりよ。電話くらいで嫉妬なんてしないわ」

という結子さんの声が聞こえた。

なおも聞いていると、思わず赤面してしまうような会話が聞こえてきた。

牧村さんが言う。

「でも、あの時、私と先生のこと疑ったくせに……」

結子さんの声が答える。

「だって、あの時は、まだつき合い始めてなかったじゃないの」

ここで、また牧村さんの声になった。

「もう今は平気だと言うの？」

結子さんは、笑いを含んだ声で答えた。

「そうよ。もうあなたの心は私のものだって、確証を得られたから……」


「……すみません、お待たせしちゃって。牧村です」

牧村さんが出てきた。

「あ、牧村さん、元気そうで何よりです」

「三年生の時は、すみませんでした。岡田先生のことを、先生とも思わないような態度をとってしまって、ごめんなさい」

「いいえ、いいんです。過ぎたことですから。それよりも、あなたたちはうまくいっているようですね。今電話の向こうで、話していることが聞こえました」

「聞こえてたんですか。恥ずかしいですね。……こんな女同士の生活、まちがっているのかなぁ、と思うこともあるんです。でも、自分の心のままに生きていたら、こうなっていたんです」

「そう、そうですか」

「だから、今の生活は、私がここまで生きてきた結果なんです。岡田先生、そう思ってください」

「わかります。牧村さんは『ここまで生きてきたんだな』って思えます。そして『これからはもっともっとしっかりと生きていくんだろうな』って、信じることができます」

「ありがとうございます」

「あ、また市原先生に代わってくれますか」

「はい、ただいま」

「もしもし……」

結子さんが出て来た。

「結子さん、長野さんのことですけど、精神的に具合が悪くなって、神経科に通院しているらしいんです」

「長野さんが？　明るくて前向きな人のように思いましたけど……」

「ええ、そう見えましたよね。最初は特に。でも、今だから言いますが、ちょっと屈折したところもあったんです。私には、そういう面を見せたことがありました」

「全然知らなくて、ごめんなさい。迂闊《うかつ》でした」

結子さんの声は少し震えた。

私はあわてて言った。

「私がこう言ったからって、長野さんのことで、気に病まないでくださいよ。長野さん自身がのたうちまわって闘って、がんばっていかなくてはいけないこともあるんですから」

「はい、わかっているつもりですから、大丈夫です」

結子さんの声は元気になっていた。

私は電話を切ろうと思った。

「……では、今日はこれでね」

「お電話、ありがとうございました」

「じゃ、月曜日に、学校で、元気にお会いしましょう」

「はい、必ず」

長野美弥

　志望大学の受験に失敗してから、私の生活は一変した。模擬試験では絶対に受かる偏差値を取っていたのに、おかしい。「浪人して来年も挑戦してみたい」と言ったら、両親は黙ってうなずいた。それは、許諾の意思表示だと思った。それなのに、彼らの態度がよそよそしくなった。家庭の中に、私の心の置き場所はなくなった。

　光桜学園のクラスメートだった人たちからは、時々メールは来ていたが、メールを読んでもどうということはない。一応返信をしたが、大学生活が始まると、メールは来なくなった。彼女たちは、新しい生活に溶け込むことで一生懸命なのだろう、と思った。

　有名大手予備校の、国公立大学文系クラス選抜試験を受けに行った。思ったよりも難しかったので、合格は望めないという気がした。暗い気持ちで、教室を出て、長い階段を降りていると、どきっとするような出来事があった。

牧村映美の姿が見えたのだ。

どきっとした自分を笑った。こういうところで会うのは当然のことだ。彼女と私の志望校は、だいたい似通っているのだから、有名塾で会うのは至極当然なことなのだ。私は咄嗟に、彼女を尾行することを思いついた。彼女と岡田先生、それから市原先生の関係についても知りたかったから、あとをついていったら何かわかるかもしれない。あの人たちは、いわゆる三角関係というものなのかしら。もしそうだったら、女三人の三角関係ってどんなものなのかしら。牧村さんは、西武新宿駅から本川越行きに乗った。私は、彼女に気づかれないように気をつけながら、同じ電車に乗った。電車の中では、彼女と同じ車両を避け、隣の車両からチラチラと様子を見ていた。車内はほどよく混んでいたので、つけるには都合がよかった。その上、彼女はつり革につかまったまま参考書を真剣に読んでいて、まわりには気を配っていない様子だ。これなら、私の存在には、まず気がつかないだろうと思った。

急行で三つ目のK駅で、彼女は降りた。私は感づかれないように慎重に、あとをつけていった。昼間の街の喧噪が、私の足音を消してくれている。

牧村さんは、あるマンションの前で立ち止まり、玄関を入って行った。エレベーターに乗って上っていく。私はエレベーターの下まで行った。

玄関ホールには、郵便受けが並んでいる。

郵便受けの名前を順に見ていった。すると、「市原」の名前があった。３０２号室に住んでいるようだ。牧村さんは、市原先生の部屋を訪れたにちがいない。または、同居しているのかも？　どちらにしても、私は、天地がひっくりかえるほどの、すごく大きな発見をしたのだ。この発見をどう扱うべきかと考えながら、しばらくの間郵便受けの市原の文字を見つめていた。

エレベーターの下降してくる音で、我に返った。

「誰か降りてくる、隠れなくちゃ」と思った時にはもう遅かった。

降りてきた市原先生と牧村さんに、ばったり鉢合わせしてしまった。

私たちは、お互いに「あ！」と叫び声を上げた。

「長野さん、なぜこんなところに？」

三人の中で最初に口を開いたのは、牧村さんだった。やはり、牧村さんが一番気が強いようだ。

牧村映美

予備校の選抜試験を終えて、結子さんとの愛の巣に戻ってきた。

チャイムを鳴らすと、結子さんは私だと確かめてから、ドアを明けてくれた。

「ただいま」

私は明るく言った。

「お帰りなさい。待ってたのよ。さぁ、近所にできた素敵なティーハウスに行きましょう」

「はい、はい」

私は笑いながら返事をした。

結子さんは、私とふたり暮らしになって、多少の節約を心がけなくてはならなくなっても、お嬢さま気分が抜けきれていないみたいだ。コーヒー一杯に七百円という高い値段をつけている、ティーハウスに行こうと時々は誘ってくる。そういうところも彼女の一部なのだから、別に文句をつける気にはならないけれど。

「私は、今試験から帰ってきたばかりなのよ。少しは休ませてあげよう、って気持ちがないの？」

私は、わざと口をとがらせて言う。

結子さんは、私のとがらせた口に自分の口を近づけてくる。キスをする気でいると、わかったから、私は彼女のからだを自分の方へ引き寄せた。自然と、背中に回した腕に力が入る。

「痛いわ、腕をもうちょっと緩めて」

結子さんは、あえぎ声になりながら、訴えた。

「ごめん。でも、私がこんなに力強いから、あなたのことを守れるのよ。そのことを忘れないで」

「そうね。わかってるわ、私を守ってくれてるって」

「そうよ。結子さんは人一倍弱いんだから、私のような剛《ごう》の者が、そばにいてあげないとね」

「ええ、そうね」

結子さんの目は潤んでいた。

私たちは、もう一度口づけをした。私は、彼女の口の中に、舌をすべり込ませた。

「あ、今はもう駄目。こんなことばかりしてたら、行きそびれちゃう」

そう言って、結子さんは私のからだをわずかに押した。

「せっかくその気になってきたのに……」

私はわがままを言った。

「続きは今夜ね。今、ティーハウスにつき合ってくれるでしょ。だから、そのお礼に、今夜はうんと濃密なことをしてあげるわ」

思えば、結子さんも過激なことを言うようになった。つき合いたての頃は、私のからだの下で震えていただけだったのに。ああ、あの時は、小鳥のように可憐でかわいくて、食べてしまいたかった。でも、大胆になった今の結子さんも好き。

昼間は清楚なお嬢さまで、夜は奔放な女性。こんなふうに変化することを、結子さんの両親も三沢さんも知らない。あの岡田先生も知らない。こんな彼女の変化を知っているのは、この私だけ。得した気分になる。

私たちは揃って部屋を出た。結子さんが鍵をかける。

エレベーターに乗り込んだ。エレベーターの中でも、私たちはお互いのからだを寄せ合っていた。

ドアが開いて、驚いた。

なんと、そこには、長野美弥さんがいたのだ。

市原結子

映美さんは、予備校からずっと、長野さんにあとをつけられていたようだ。彼女は、熱心に古典の文法を覚えていたから、尾行にはまったく気がつかなかったらしい。

長野さんも一緒に、ティーハウスに連れて行くことになった。せっかくの楽しみが台無しになった。私は大人で教育者なのに、うろたえてしまった。でも、映美さんはしっかりしていた。ティーハウスは「裸足のマーメイド」という名前だった。

「おふたりのデートを邪魔しちゃったみたいですね」

長野さんはからかい口調で言った。

「そう思うなら、ついて来なければいいじゃないの」というように、映美さんは仏頂面をしている。

私たち三人は、窓際の席に座った。窓の外には、そのティーハウスが持っている庭園が広がっていた。

「景色がいいですね。こんなところでゆったりと過ごせたら最高ですね。勉強してもはかどりそう。私の家の近くにはないんですよ、こういういい空間。畑ばかりが目立つところで、ティーハウスの一軒や二軒、できてもよさそうなものなんですけど……」

長野さんはぺらぺらとしゃべる。

私たちは、裸足のマーメイド特製のコーヒーを注文した。

「てっきり、牧村さんは、岡田先生を好きなのかと思ってたのに。私の思惑が完全に外れたわ」

長野さんはため息交じりに言う。

「どうしてそう思ったの？」

私は尋ねた。

「いつだったか、視聴覚準備室に、牧村さんと岡田先生がこもっていた、ということを聞いたから」

「岡田先生には何も関係ありません。この際、岡田先生のお名前は出さないでください」

映美さんは不愉快そうに否定した。

「岡田先生は、市原先生と牧村さんが一緒に住んでいることを知ってるんですか」

長野さんは訊いた。

「知りません」

私はきつい言い方で、とぼけた。

「そうですよね。知ってたら、やめるように言いますよね？」

長野さんはふふんと、馬鹿にしたように笑った。

「だから、岡田先生の名前は出さないで。出さなくても話はできると思うから」

映美さんは、さっき言った言葉を繰り返した。

「岡田先生に迷惑をかけたくないんですね。わかりました。だけど、名門光桜女子学園の現役教師と教え子がいい仲だなんて、世間が知ったらどうなるでしょうね。大スキャンダルですよね」

長野さんは意地悪く言いながら、コーヒーを口に運んだ。

「市原先生は、何も悪くはありません。私が一方的に思いを寄せただけなんです。先生は教師として、私に接してくれました。先生は、いつも人として歩むべき正しい道を教えてくれていました。だから、あなたに脅迫されても、まったく平気ですよ。動じません」

映美さんは、私のことを思って、自分一人が悪者になろうとしている。

私は彼女の好意に感謝しつつも、それに甘えてばかりはいられない、という気持ちになった。

「市原先生、牧村さんは、自分の一方的な思いだと言ってますけど、この言葉を先生はどのように受け止めるんですか。あなたは牧村さんひとりに責任を押しつけますか」

「それは……」

「先生、言っちゃ駄目です。無視してください。私が先生のことを勝手に好きになって、ここまで来たんですから。ただそれだけなんですから」

映美さんは必死になっていた。自分の気持ちを私に訴えていた。

「いいんですか、市原先生。あなたのかわいい教え子がひとりで罪をかぶろうとしてますよ」

長野さんの表情が、残忍な感じになった。たぶん彼女は、私たちの関係に妬ましさを感じている。これは、女の勘だ。

「……映美さん、もういいんです」

私は、映美さんの手を握った。

「結子さん……」

彼女は私の手を握り返した。

「おや、映美さんに結子さんだなんて、呼び合っているんですか。手まで握り合って、ずいぶんとお熱いことで……」

長野さんの言葉が終わらないうちに、私は言った。

「私たち、お互いに無理し合わないで生きているんです」

「無理しないで生きている結果が、女同士の同棲ですか」

長野さんは訊いた。

「そうです」

「それは世間では通用しない、と思いますね」

「世間で通用しようがしまいが、そんなことはどうでもいいんです」

私は、きっぱりと言い放った。

「強気ですね。世間とは関係なく、ふたりの世界で生きる、ということですか。世界はふたりのためにある、ですか」

長野さんは、あきれたように言った。

「そうよ。さぁ、どうするの？　光桜学園に言いつけるのかしら」

私は、こう言った。

「そうですね。光桜の校長は、私の親戚ですから、まず校長に言います。このネタを、全国紙や週刊誌に売るのもいいかもしれませんね」

長野さんは、どこまでも意地悪く言う。

「勝手にしてください」

そう言って、私は残っていたコーヒーを飲み干し、隣に座っている映美さんの目を見た。彼女は無言でうなずいてくれた
「先生は、お嬢さまの割に、いい根性をしてますね。もっともっと、気の弱い人かと思っていたのに」

長野さんは、悔しそうだった。

「少し前までの私は弱かったわ。でも、今は違うの。いつでもすぐそばに、支えてくれて、励ましてくれる人がいるから、強くなれたの」

私はきっぱりと言った。

それから、映美さんの方を見て促した。「もう出ましょう。話は全部済んだわ」

映美さんはなにごともなかったように、にっこり笑っている。

映美さんも私も、長野さんの顔を見ずにティーハウスを出た。

○

結子と牧村の同棲生活のことが、公けになった。もちろん、世間に広めたのは、長野美弥だった。

「天下の光桜学園の名に泥を塗った」と騒ぐ教師と父母は当然いたが、その数は結子や牧村が想像していたほど多くはなかった。それよりも「非常に言いにくかったであろうに、その言いにくいことをよくぞ言った。勇気ある行動に感激した」と誉めたたえる声の方が、圧倒的に多かった。結子と牧村のふたりに、ファンレターのような便りも届いた。

圧巻だったのは、「アムネスティ・インターナショナル」からの手紙だった。ふたりを激励してくれている。

岡田承子

メディアから光桜学園に、「市原先生と牧村さんのことを記事にしたいのですが、取材に応じてもらえませんか」という申し込みが、押し寄せてきた。去年一年間、結子さんと正副の担任をしたということ、牧村さんがF組の生徒だったということ、この二点から、私に一番、インタビューの依頼が集まった。当然と言えば当然の現象だった。私は誠意を持って、多くの取材に応じていこう、と思った。それが、勇気を出してカミングアウトしたふたりを応援することになる、と信じたからだ。

今度のことで、彼女たちの愛情と信頼の深さは本物だ、と巷間に広く知られた。

私は、結子さんにメールをした。

「結子さん、あなたの今の気持ちが心配です。でも、人の噂も七十五日と昔から言いますから、それまでつらくても耐えていってくださいね」

すぐに返信があった。

「承子さん……いいえ、岡田承子先生。

私は、光桜学園を辞職いたします。

こんなに大きな騒ぎを起こしておいて、勤め続けることはできません。生徒たちの心の平安を乱してしまった責任は重い、と思うのです。

そう思いながらも、世の中は変わったものだわ、とつくづく思いました。同性同士の同居に、こんなにも理解を示してくださるのですもの。心丈夫です。二十年前でしたらこうはいかなかったでしょうね。非難囂々《ひなんごうごう》だったでしょうね。牧村さんも私も、いい時代に生きている、とつくづく思います。　市原結子」

○

市原結子が、光桜学園を辞職した。彼女が学園を去ると、彼女たちの同性愛の報道も鎮まった。

結子が去ったことで、空いた穴を埋めるために、ちょっとした人事異動があった。結子と同い年の女性教師を、学園が雇い入れたのだ。森川菜々子《もりかわななこ》という教師だった。

森川は、結子の後釜として、一年D組の副担任になった。

長野美弥の精神状態はますます悪くなり、不眠症になった。目のまわりの皮膚は黒ずみ、どこを見ているのかわからなくなった。心配した家族は、彼女を無理やりそれ相応の病院に入院させた。

岡田承子

森川菜々子という教師が、学園に新しく入ってきた。

森川先生のことを、きれいだと誉める人もいるが、私はすんなりとは同意できなかった。美女だとは認めるが、暗い感じがする。年をとったら、魔女っぽくなりそうだ。

彼女の手元を気をつけて見ているうちに、ちょっとびっくりしたのは、彼女が、結子さんと牧村さんの載った新聞や週刊誌の記事を丹念にスクラップしていたことだ。

「なぁに、それ？」

私はわざと明るく訊いてみた。

私に気づかれているとも知らずに、彼女はこうごまかした。

「ただの記録収集ノートです。私、国語科だから、季節の話題が新聞や雑誌に載ってたら、切り抜いて張っておくようにしてるんです。授業で使えるように」

この人も、もしかしたらレズ？　と疑ってしまった。もしそうだったら、申し訳ないが面倒くさい。もう巻き込まれるのはごめんだ。せっかく三年生の担任から離れて、一年生の担任になれたのだから、しばらくは静かに過ごしたいと思っている。だから、どの人のことも詮索しないようにしなくっちゃ。見ざる聞かざる言わざる、だ。

そろそろ、持ち前のものごとに頓着しない性格を取り戻さなくては。

季節が巡り、私の好きな麦秋がやって来た。

第四部

岡田承子

季節は麦秋。

その時刻、職員室は閑散としていた。空は、一部分に明るいところを残してはいたものの、その明るさもあと数分で消えてしまいそうだ。

私は、壁にかかっている時計を見た。六時半になろうとしている。

もうこんな時間。火曜日テストの問題を作るのに、すっかり時間を取られてしまったわ。

のどもカラカラに渇いているし。自動販売機でコーヒーを買ってきて、自分の机に戻った。

初めて結子さんの家を訪れた夜のことが、思い出される。あの日からまだ一年しか

家政婦・三沢

経っていないのに、もう五年くらい経ったような気がする。久しぶりに、彼女の実家のあるH駅に行ってみようか、という気になった。

職員用の玄関から外へ出ると、初夏の夜気はどことなく春の空気をひきずっていて、冷えている。春用の薄手のマフラーを首に巻いた。暦の上では夏に入ったとはいえ、球技大会が近いから、風邪をひいたりしないように用心しておかないと。

H駅で降りた。

あの時は、結子さんが駅まで迎えに来てくれていた。彼女のちょっと気恥ずかしそうな表情を、よく覚えている。

私は三沢さんと話をしてみようと思って、電話をした。三沢さんは「岡田先生からの思いがけないお電話で、嬉しいです」と何度も言った後で、「もしも今日、時間がおありでしたら、家へお越しください」と誘ってくれた。私はその誘いをありがたく受けて、市原家の方角へ歩き出した。

結子お嬢さまが家を出てからというもの、私ひとりで暮らしている。この広いお屋敷に私ひとり。

結子さまは、お強くなられた。

新聞や雑誌で叩かれた時、「どうなってしまうのだろう、きっとお嬢さまは耐えられないにちがいない」と心配で心配で、生きた心地がしなかった。でも、お嬢さまは立派に耐え抜かれた。

私がケータイに電話をすると、お嬢さまはこう言われた。

「三沢さんに心配をかけて、本当にごめんなさい。でも、私は大丈夫だから」

私は驚いて訊いた。

「こんなに短期間で、どうしてそんなに強くなられたのですか」

すると「ちょっと照れるけど、愛の力とでも言っておくわ」と笑っていらした。

「愛の力、愛の力……」と私は思わずつぶやいた。

「そう。今の私はひとりじゃないの。私に愛情を注いでくれる人がいる」

お嬢さまはそう答えられた。

私は電話口で泣いてしまった。

お嬢さまがどんなに愛情に飢えていたかを、今更ながら知らされた思いがして、泣けて泣けて仕方がなかった。

「泣かないで、三沢さん。あなたに泣かれるとつらいわ」

「はい、すみません。もう泣きません。ごめんなさい。申し訳ありませんでした」

私はひたすら謝った。

今夜、久しぶりに会う人が、我が家に来てくれる。岡田承子先生だ。先生からお電話をいただいた時は、嬉しくて涙が出そうになった。最近私は涙もろくなっているみたいだ。

岡田先生は、陰になり日向になり絶えず結子さまを助けてくださった方。頼れるお方だ。

岡田承子

結子さんの家に、三沢さんを訪ねた。

三沢さんの額には深いしわが刻まれていた。結子さんのことで、ひどく神経を痛めたからだろう。

「三沢さんもご苦労なさったのですね」

私はそう言葉をかけた。

「ええ、でも、今まで結子さんはいい子過ぎましたから、今回のことでやっと自分の生き方を見つけられたんだと思っています」

三沢さんからこういうしっかりとした答えが返ってきた。

「それにしても、今回の報道は堪《こた》えたんじゃありませんか」

私は更に尋ねた。

「あのようなことはめったにないことかもしれませんが、一度の人生なのですから、好きなように生きて行くのが一番のような気がします」

三沢さんは、けなげな答え方をした。

三沢さんは、どんな場合であっても結子さん側にいる人なんだわ、と思った。

「岡田先生、いつまでも結子さんの味方でいてあげてくださいね」

三沢さんは真剣な口調で言った。

「ええ、もちろん。そのつもりでいます。ところで、結子さんのご両親は、今回の騒動をどう思っているのでしょう?」

私は、結子さんの両親のことを訊いた。

三沢さんは、薄い笑みを浮かべた。

「少なからず衝撃は受けていらっしゃるようでしたが、特には何もおっしゃいませんでした」

「え、何も言わなかったんですか。何も感じない、ということはないでしょうに。放任主義もそこまでいくと、すさまじいですね」

私はあきれた。

「いいえ、今回ばかりは、放任主義のせいではないようでした」

「え、じゃ、どういうわけで?」

私は興味をそそられて尋ねた。

「週刊誌の記事をよく読んで、自分の娘の気持ちがわかったのだと思います。娘は自分たちの知らないところで、こんなことを考え、こんなことをしてきたんだ、とわかったんです。だから、自分たちにはもう何も言うことはできない、そう感じたんでしょう。つまり、結子さんをひとりの大人として認めた結果なんだ、と思うんですよ。認めたらもう何も言えなくなった、そういう気持ちなんだと思うんです」

「それでは、この騒動も悪くはなかった、と？」

「ええ、そうです。どんな事件や出来事にも、きっと両面、つまり、いい面と悪い面があると言いますけれど、きっとそんなものなんでしょう」

三沢さんは、人生の先輩らしい鷹揚さを持って、言った。

「そうですね」

私が素直に答えると、三沢さんの顔に笑みが浮かんだ。

それから、三沢さんは尋ねた。

「……今後、結子さんがどうなさるか、聞いておいでですか」

「光桜学園を辞めた後は、少し家で過ごしたい、と言っていました。高校生よりももっと小さい年齢の子供さんが通う、塾の先生なんかはどうかしら、なんていうことも言ってましたけど」

「結子さんは優しい方ですから、小さい子供さんたちにも好かれそうですね」

「ええ、優しさでは誰にも負けないと思います」

私がこう言うと、それに続けて、三沢さんは言った。

「そうですよね。ですから、結子さんは、結子さんの優しさを感じ取ってくれて、よく理解してくれる人たちと一緒にいることが大切です。そういうよき理解者たちと仕事をしていってくれたら、私は安心できます。そうなってくれたら、申し分ないですね」

そう言う三沢さんの口調は、きびきびしていたし、さばさばもしていた。

長野美弥

入院しても、あまりお見舞いに来てくれる人がいない。

両親でさえ、入院の手続きの時に来てくれただけだ。

兄と話をしようと思って、昨日兄の家に電話をかけたら、兄嫁が出てきて、まだ帰宅していないと言われてしまった。そのときの口ぶりが迷惑そうで、とても不愉快だった。兄から連絡が来るかと期待してずっと待ってみたが、昨夜はとうとう来なかった。兄嫁は、私から電話があったことを、ちゃんと兄に伝えたんだろうか。疑いたくないが、疑ってしまう。こんなことなら、兄のケータイの番号やメールアドレスを聞いておけばよかった。

岡田先生に電話をしてみようかな、なんて思った。でも、私のこと、怒ってるんだろうな。私は、市原先生を辞職に追い込んだ張本人なのだもの。

岡田承子

結子さんの代わりに光桜学園に来た森川菜々子先生に、同性愛疑惑が浮上した。

森川先生は、担任のペアを組んでいる三歳年上の女教師に熱をあげているそうだ。そう聞かされてから彼女を見てみたら、最初の暗い印象はきれいさっぱり消えていた。確かに明るくなっている。愉快そうに笑ったりもしている。最近の若い人たちはどうしちゃったんだろう、と思う。昔ながらの恋愛感情というものを忘れてしまっている。異性とのつき合いができなくなっているのだろうか。この私にしても、まだ男性と正式に交際したことはないから、偉そうなことは言えないけれど。でも、そういう男性が現れたら、ちゃんとつき合っていけると思う。とはいえ、あの時のことを思い出すと、甘酸っぱい気持ちになることも否めない。視聴覚準備室で、牧村さんにキスをされ、胸をつかまれた時のことだ。今牧村さんは結子さんと一緒に暮らしている。彼女は結子さんにキスをして、結子さんの胸をもみしだいているのだろうか。そう思うと頭がクラクラする。なぜ頭がクラクラするのだろう。この感情は、嫉妬なのだろうか。もしも嫉妬だとしたら、私はなぜ嫉妬なんかするのだろうか。空恐ろしくなる。自分で自分の乳房をつかんだ。とその時、ケータイが鳴った。

誰？　見たこともない番号が表示されている。

出てみると、長野美弥さんだった。

「先生、お久しぶりです。今お話、できますでしょうか」

「長野さん、どうして私のケータイの番号が……」

長野さんの答えは、弾んだ調子になっていた。

「たった今、先生のお宅にお電話したんです！　そしたら、先生のお母様が先生のケータイの番号を教えてくださいました」

「そうだったの。突然でびっくりしたわ」

「そうでしょうね。前のこと、何て言ったらいいのかわからないけど。私のこと、嫌な生徒だったと思っているでしょうね？　市原先生のことではかなりひどいことをしましたから」

「……」

「答えてはくださらないんですね。……私、今精神科に入院しています」

「……知っています。聞きました」

「やっぱりそうでしたか。先生、こうして、時々お電話をしてはいけないでしょうか。毎日、誰とも話をしない生活が続いているんです。それで、寂しくって」

「ご両親やお兄さんは、お見舞いに来てくれないんですか」

「全然来てくれません。冷たい家族だったんです。受験に失敗して、その事実にはっきりと気がつきました」

「そう……それはお気の毒ですね」

「だからたまには……」

「わかったわ。元担任として、おしゃべりの相手をしましょう」

「ありがとうございます。だけど、元担任という立場にこだわるのですね？　ただ単に友達になる、というわけにはいかないんですね？」

「当然でしょう。突然友達だなんて、無理ですよ。対等な関係を望むのなら、私ではない別の人を話し相手に選んでください」

私は、毅然とした態度を見せようと思い、こう言った。

長野さんは、がっかりしたような声にはならずに、きっぱりした口調で答えた。

「わかりました。もう無理なことは言いません。だから、お願いします」

「はい」

長野美弥

思い切って、岡田先生のケータイに電話をした。とりあえず、先生は、私の話し相手になってくれる、と約束をしてくれた。

これで、私も少しは眠れるようになるだろう。

岡田承子

校長から私に、再び三年F組の正担任になる意志はあるか、という打診があった。

そのことを結子さんに報告すると、彼女は「天下の光桜学園も、よほどの人材難なんですね」と、さもおかしそうに笑った。

彼女は、そんな軽口を叩ける人間に変わっていたのだ。

私が「そんな言葉を、結子さんの口から聞くようになるとは思わなかったわ」と言うと、

「自分でも言えるような人間になるとは思っていませんでした」と言っていた。

その後、急に生真面目な調子に戻って、こう訊く。

「また三年F組の正担任をやるんですか」

「そうね、やってみようかと思ってるの。問題は、誰と組むかよね。もう結子さんとじゃないことだけは確かだけど。そう思うと、ちょっと寂しいわ」

「そう言ってくださって、ありがとうございます。私となんか組まない方が、承子さんのためですよ。一昨年は、私となんか組んだりしたから、苦労したんですよ」

「そんな……。そんなこと言わないで。私はあなたと組んでた一昨年《おととし》のことをよく思い出すのよ。夢にまで見ることがあるわ」

「悪夢ですね」

結子さんは、おどけたように言った。

「嫌だ。でも、思い出に残る年だったことはまちがいないわ。あ、そうだ。私に打ち明けてくれた昔話、牧村さんにもしたのかしら」

「はい、しました」

「そう。本当に打ち解けた関係になることができたのね。よかったわ。それで、彼女の反応はどうでした？」

私は、興味を抱いてしまった。

「初めは笑い転げていました。こちらがムッとするほど笑ったんですよ。失礼ですよね。でも、途中から真面目に聞いてくれて、最後には『大変な目に遭ったのね。かわいそうに。よくがんばりました』と言って、私を抱きしめてくれました」

結子さんは嬉しそうに、その上恥ずかしそうに笑った。

「それはごちそうさま。本当に幸せそうですね」

私は本心から言っていた。

森川菜々子

前の学校で、私は失恋した。半年つき合っていた女性から信じられない言葉を聞いた。

「私、男の人を好きになったの。だから、もう菜々子さんとはつき合っていけない」

最初は、自分の耳を疑った。だって、どう見てもその人は同性愛者だったたから。失意の底にいた私は、急募の求人話に応じ、職場を辞めた。恋人への未練を断ち切るのにはそれしかなかったのだ。ちょうどいいタイミングだと思ったので、その話に乗った。

今度の勤務先は、伝統と格式では、関東では有数の光桜学園だった。

惚れっぽい私は、最初正副の担任のペアを組むことになった三歳年長の女教師を好きになりかけたが、すぐに彼女には恋人がいることが判明した。私は諦めざるを得なかった。でも、早くわかってよかった。かなり本気になってから思いを断ち切るのはつらいから。

その女教師は私に謝まりながら、こう言った。

「本当はもう恋人に飽きてるの。あなたに乗りかえたい気持ちはものすごくあるのよ。でも、嫉妬深い人だから、なかなか思うようにはならなくて」

まわりを見渡すと、岡田先生が目に入った。先生も私の方を見ていた。目と目が合ったので、私はすかさず会釈した。こういうチャンスは積極的に生かさなくては。

下校時、校舎内を見回っている岡田先生に、さりげなく近づいた。

「ご苦労さまです」

まずは後輩らしく挨拶をした。

岡田先生は微笑んでくれた。

その後続けて、「もう学園には慣れましたか」と訊いてくれた。

「はい。でも、まだだめかな、と思います」と、私はしおらしく答えた。

「もしもわからないことがあったら、なんでも訊いてくださいね」

先生の笑顔はさわやかだった。この笑顔を私だけのものにしたい。私は先生の方へ倒れこんでいきそうになった。あわててからだと心を立て直す。昔の人も、「急いてはことをし損じる」と、いいことを言っているし。

岡田承子

私が校舎の見回りをしていると、森川菜々子先生が近づいてきた。さりげない風を装っているが、私に興味を持っていることは見え見えだ。もちろん悪い気はしなかったが、実りのない恋に、若い彼女を巻き込むのは、気が引ける。だから、私はこれから彼女をなるべく避けることにした。でも、あからさまに態度に表しては彼女を傷つける。難しい立場に立たされてしまった。私はいつでもこういうことになってしまう運命のようだ。ある時、私がほっと気を抜いていると、森川先生と目が合ってしまった。森川先生の目は、「岡田先生、つれないことはやめてください。私の気持ちには気づいているでしょうに」と、訴えかけていた。

森川先生から、夕食に誘われた。今日は彼女の二十五歳の誕生日だそうだ。そのアニバーサリーに、私と食事をしたい、と言うのだ。私はやんわりと断った。彼女は、悲しそうな顔をして、自分の席に戻って行った。これでいい。私には彼女を傷つけることはできない。

私は結子さんに電話をした。

「……先生のあとに入って来た森川先生という人が、どうやら私のことを好いてくれてるみたいなの。でも、私には彼女を幸せにしてあげるだけの自信はないから、なるべく彼女に気を持たせるようなことはしないようにしよう、と思ってるのよ」

「きっと、その森川さんっていう先生は、がっかりしてますね」

「そうだと思うけど、仕方がないのよ」

「そうですよね。じゃ、こうしたらいいですよ」

「どうするの?」

私は、興味津々で訊いた。

「岡田先生が、男性の恋人をつくればいいんですよ。その人が、水戸黄門の印籠みたいな役割をしてくれるんじゃないですか。女性に言い寄られるたびに、この恋人が目に入らぬか、ってやればいいですよ」

「面白いこと、言いますね。……私もそうできたらいいと思うけど、光桜学園にはちょうどいい男性がいないし、そんなに簡単にはいかないと思うわ」

「結婚相談所にでも入っちゃったらどうですか。そうすれば、頻繁にいい男性《ひと》を紹介してくれるかもしれませんよ」

「そうね。期待しすぎないで、入会してみようかしら」

私は本気半分冗談半分で、答えていた。

結子さんは早口で言った。

「あ、ごめんなさい。お風呂で、映美さんが呼んでいるみたいなので、これで失礼いたします」

「相変わらず仲がよくていいわね。ホントに羨ましいわ。じゃ、また」

私も、結子さんと同じくらいの早口で言った。

「すみません。今度はこちらからもお電話します」

結子さんは、かすかに笑った。

「じゃ、また」

私は、電話を切った。


後日、再び、森川先生が私を食事に誘ってきた。どうしても私と一緒に、フレンチレストランに行きたい、と言う。

思い詰めた瞳が、あまりに魅力的だったので、私はオーケーしてしまった。彼女はやはり美しい。美しい女性は得なのね、と妙にうなずいている私。オーケーさせられているのは私自身なのに、変な納得の仕方だ。

私の答えを聞いて、彼女の顔はパッと輝いた。

「嬉しいです。岡田先生とデートができて」

彼女は、はっきりとデートという言葉を使った。

こういう展開は、十分に予想できたけれど、逢い引きの約束ができてしまうと、やはりドキリとするものだ。

結子さんと電話で、結婚相談所の話をして盛り上がったばかりだったけど、私は近くにいる女性とつき合っていく。それが今の私には一番しっくりするみたい。結子さんと牧村さんの影響を強く受けている。私は、この先どういうことになっても――ややこしいことになっても、後悔しないでいたい。

○

夜、承子は、二番目の姉、鮎子《あゆこ》のところへ電話をかけた。何か悩みごとや相談ごとがある時は、決まってこの姉に電話をする。

鮎子は、二年前に結婚して、夫とふたりでマンションに暮らしている。

「あ、承子ちゃん、ちょうど今あなたのことを考えていたのよ。声が聞けて嬉しいわ」

鮎子の明るい声が聞こえた。

岡田承子

鮎子姉さんの元気な声を聞くと、心が軽くなる気がする。

「私も姉さんと話せて、すごく嬉しい！　今、大丈夫？　もう晩ご飯は終わった？」

「大丈夫よ。晩ご飯は、私ひとりで食べたわ。澄夫《すみお》さんは今夜は遅いのよ。……それにしても、光桜学園の同性愛騒動は大変だったわね。市原先生というのは、承子ちゃんと親しい先生なんでしょ？」

「そうなの。彼女はとても優しい、いい人よ」

「そう。それで、今日は……何かあった？」

「うん、そうなの。今、私、恋をしそうなの」

「同性に？　異性に？」

「今の状況では同性によ。相手は、光桜学園の私より若い女教師なの。その人が私にモーションをかけてきてるの。今度食事に行こう、と誘われてる。でもこわいの」

「その人にのめりこんでいきそうなのがこわいの？　それとも、いつか別れが来るのがこわいの？」

「どちらもよ。どちらの予感もするわ。……あ、今夜は思い切って、鮎子姉さんに訊いちゃおうかな、ってなんのことかしら？」

「訊いちゃおうかな？」

「ちょっと訊きにくいことなんだけど……姉さんの方も答えにくいかもしれないけど……」

「なぁに？　そんなに訊きにくいことなの？」

「たしか、姉さんは……両刀遣いじゃなかったかな？　と思って……」

「ああ、そのこと。大学出るまでは、いつでも女の人とばかりつき合ってたわ。男の人がつき合いたいと寄ってきても、断ってたの」

「それって、もったいない感じ。で、今は結婚して、旦那さんとふたりでいるじゃない？　それはどうしてなの？」

「就職してからは、男の人一本にしたからね」

「よくパッと変われるわ、感心しちゃう」

「一言で言って、年齢的なものね。世間一般のやり方に合わせておいた方が暮らしやすいかな、と思って。ふふふ」

「要領いいわ。それで、旦那さんといて、今は幸せなの？」

「それがね、そうでもないのよ。っていうよりも、はっきり言って、不幸せよ」

姉さんの声が、急に曇った。

「姉さんの両刀が、旦那さんにばれちゃったとか？」

私は尋ねた。

「ううん、そういうわけじゃないけど、まずい人と結婚しちゃったみたいなの。モラハラの気《け》があるのよ」

「モラハラって、モラルハラスメントのこと？」

「そう。私のことをちゃんとしてないと言って、責めるのよ」

私は驚いて、叫んだ。

「まぁ、ひどい！　鮎子姉さんくらいきちんとしている人はいないのに。仕事も家事もテキパキこなしてて、女性のお手本のような人だわ。私はそう思ってるわ」

「ありがとう……」

鮎子姉さんは、嬉しそうな声を出した。

「もしも、これが町子《まちこ》姉さんだったら、どうなっちゃうのかしら。想像するのもおそろしいわよね」

町子というのは一番上の姉だ。

「そんなこと言っちゃ、町子姉さんに悪いわよ。確かに、マイペースの人だけど」

姉さんは笑いを含んだ声で、私をたしなめた。

「だって本当のことだもの。マコ姉さんじゃ頼りにならないから。今だって私は、アコ姉さんに相談してるんだもの」

「……澄夫さんとは、近いうちに別れることになると思うわ」

「……」

「私以外に女の人がいるみたいだし……」

「それ、本当なの？　ひどいじゃないの」

私は興奮した。

「本当よ。まだお父さんやお母さんには言わないでね、心配かけたくないから。もちろん、マコ姉さんや恭子にも黙っててね」

「わかったわ。でも、結婚しても落ち着かなくて、大変なのね」

私は、ため息混じりに相づちを打った。

「そうよ。最近つくづく思うんだけど、恋人同士でいる方が気ままでいいみたい。結婚っていうシステムはうまくないわ。そんな気がする。だから、あなたも結婚を焦ることはないわ。今恋におちそうな女性としばらくの間つき合ってみればいいじゃない？　のめりこんだらのめりこんだ時のことよ」

鮎子姉さんは、語調強く言った。

「そっか。わかったわ。だけど、どうして私たち姉妹は、普通の恋愛には縁がないのかしらね」

「そうね、成り行きだけにまかせていると、世間一般の恋愛とは違う方向へ進んで行くみたいね。恭子は恭子で、だいぶ年下の男性を好きになって悩んでいるしね」

「キコ姉さんも……か。近頃、キコ姉さんとはしゃべってないな」

「実は昨夜《ゆうべ》、キコちゃんから電話があったのよ。今夜はショコちゃんでしょ、私は連日、妹たちの恋の悩みに答えてることになるわ」

「いつもこちらが聞いてもらうばっかりで、アコ姉さんの悩みには答えてあげられなくて、ごめんなさい」

「いいのよ、私はいつでも、頼りになる格好《かっこ》いい姉さんでいたいんだから」

「そうか。それじゃ、これからもよろしく」

○

それからしばらくして、鮎子は離婚した
承子は、森川菜々子とつき合い始めた。
ふたりの交際を、市原と牧村が祝福してくれたことは、言うまでもない。

岡田承子

森川菜々子さんとの交際は、私の心に潤いをもたらしてくれた。彼女と一緒にいる時だけは、三年生を受け持っているという重責を忘れることができた。私とつき合い始めてから、菜々子さんは明るい性格になったらしい。前の学校で失恋をしていたことを、正直に打ち明けてくれた。私には、隠しごとをしたくないということだ。彼女ほどの美女を振るなんて、どういう考えの持ち主なのか。私には想像もつかない。でも、そのおかげで今私がつき合えるのだから、前の恋人に感謝しなくてはいけないな。

森川菜々子

岡田先生が、ふたりがつき合い始めた記念に何かプレゼントしたい、と言ってくれた。私は、言葉では言えないくらい感激した。

次の日曜日、私たちは新宿の伊勢丹百貨店に行った。その中の一軒の宝石店に行こうと、岡田先生が提案した。私は緊張した。岡田先生は「手を出して」と言う。私が右手をさし出すと、その手を握ってくれた。手を握ることで、私の緊張をほぐしてくれようとしたのだ。

店の中央に、プチネックレスのコーナーがあった。

「指輪もいいけど、それはもう少ししたらにしましょう。今日のところは、ネックレスがいいんじゃないかしら」と先生が言うので、私はこくりとうなずいた。

「華奢なネックレスなら、いつでも着けていられるでしょう？　このハートのがいいんじゃないかしら。ハートの片側にだけダイヤが並んでいるところなんか、とてもいいデザインだと思うけど」

「ええ、ハートのモチーフは素敵です。今の私の気持ちにぴったりです。毎日着けます」

「ありがとう。じゃ、店員さんを呼んで、ショーケースから出してもらいましょう」

岡田承子

買ったばかりのネックレスを着けて、菜々子さんははしゃいでいた。ひどくかわいい。買ってあげた張り合いがある。

「さぁ、どこかのレストランに行って、夕食にしましょう」

私は誘った。

「今日は先生に散財をおかけしたのですから、夕食代は私に出させてください」

彼女はこう答えた。きれいなのは容貌だけではなかった。心もまっさらだ。改めて感心した。

レストランまでの道、私はわざと人通りに少ない細い路地を選んで、歩いた。途中で、菜々子さんを抱き寄せてキスをするためだ。彼女の方もそれを予想しているのか、終始うつむき加減で、私に腕をあずけていた。

誰もいないことを確認してから、彼女のからだを引き寄せた。わずかな抵抗があった。こういう抵抗もいいものだ、と思った。

森川菜々子

往来で、初めて岡田先生とキスをした。いくら人通りの少ない路地といえども、公道であることにちがいない。だから、ひどく感激した。私とつき合うことを、誰にもはばかっていないことがわかったからだ。堂々としてくれているのが、ひどく嬉しい。先生からプレゼントされたハートのネックレスは、肌身離さず着けていよう。いつでもこの胸で温めていたい。

○

承子の二人の姉、町子と恭子が、それぞれ六月と十月に結婚した。承子は、姉がたくさんいてくれてよかった、と思った。世間一般の決まりごとは姉たちにまかせておけば、自分は自由気ままに過ごしていける。

これからは、今までよりももっと気楽に、森川菜々子とつき合っていけそうだ。

解説

A文学会　編集室

ＬＧＢＴという呼称は、海外でこそ九〇年代から広く使用されていたようだが、日本でよく見るようになったのは明らかに二〇〇〇年代に入ってからだ。それまでは、性的マジョリティから見た差別的なニュアンスの単語以外で、性的マイノリティを表現する言葉はなかったのではないか。

呼称ひとつで変わるほど世の中はたやすくはない。それでも、多少なりとも公的な呼び方が認知されたせいか、ＬＧＢＴを題材とした創作のパターンも多様化してきたように思う。制約や秘密、懊悩や葛藤といった、昔ながらの要素の踏襲にとどまらない、エンタメ性があってふくよかな作品がみられるようになった。

女性同士の恋愛を題材として扱った本作も、新しい時代のＬＧＢＴ小説の魅力をもっている。もっとも前半と後半で肌触りががらりと異なってくる作品で、出だしからしばらくはゴシックロマンスを思わせる重厚な味わいだ。伝統と格式を重んじる女子高校という舞台設定の適度な閉鎖性は、読み手をじらすような筆運びとあいまって若干の不気味さを漂わせている。

主人公の承子は、その高校に勤務する教員だ。そして伝統的ゴシックロマンスのヒロインよりもかなり強い女性に設定されている。仕事ができてさっぱりとした気性だが、そのぶん隠された人の思惑、身近にある闇に気づかない。承子の身近には自信を失い出勤拒否状態の同僚・結子と、その同僚を追い込んだ生徒・映美がいる。彼女らの間には、目に見える以上のなにかがあると、読み手にとっては明白なのだが、前向きで合理的な承子はそもそも憶測ということをしない。よかれと思って結子の復帰の手伝いをする承子が、いつか足を踏み外し、なんらかの陥穽に落ちてしまうのではないか。読み手はそれを恐れ、なかば期待しながらページをめくることになる。

時間をかけて作り上げたこのサスペンスタッチの舞台を、思い切りよく覆すのが後半だ。映美にはたしかに底意も悪意もあり、不登校教師の結子を傷つけ翻弄しようと企んだうえ、ある程度は成功していた。だが、二人の関係はそこに固定されなかった。

映美との仲が結子にもたらした変化は、承子とのやりとりからも明らかだ。「当てにならないとわかっていても、言葉にすがりつきたくなる。そういう時ってあるんです。きっと、牧村さん（映美）も同じ気持ちでいると思います」と告げる姿には、自信がなくて怯えてばかりで、そのくせ世間知らずで空気の読めなかった前半の結子の面影はない。

ここに限らず、結子と映美の関係の進展は、結子の口からのみ語られるのだが、主人公を蚊帳の外に置いた大胆な展開は後半の爽やかさの一因になっているように思う。教師としての義務感からスタートしたのか、あるいは「空気のよめなさ」がプラスに奏功したものか、純粋な恋情としか呼びようのないものが結子と映美の間に生まれる。視点人物の承子がそれを知らないことで、二人の関係性にある奇跡のような幸運が際立って見えるのだ。

結子と映美は、さまざまな障害に対しても揺るぎのない愛情と信頼で結ばれたカップルとして、物語後半を力強く引っ張る。かつて、映美の度を越したふるまいに動揺しながらもきっぱりと退けた承子のほうが頭の固い常識人に見え、どっぷり飲み込まれた結子のほうが強い自分に脱皮しているのだから皮肉なものである。

このまま主人公が脇役的ポジションで終わってしまうのかと懸念されたところで、作者はもう一度爆弾を落とす。それは承子と実の姉、鮎子との会話だ。新しい恋に落ちそうだと白状する妹に、姉はあっさり、相手は異性なのか同性なのかと尋ねる。妹は同性だと答えたうえで、「両刀遣い」の姉にアドバイスを求めるのだ。この驚くほど風通しのよい姉妹関係の描写は、後半になってギアチェンジした物語の、クライマックス場面のひとつだと言える。

世間広しといえども、ここまで拘りなく互いの恋愛と性的志向を絡めて会話できる姉妹はあまりいないだろう。フィクションのみが可能な開放がここにある。人目も干渉も悪口も複雑に進化してしまっている時代、物語だけが「気にしなくていいよ」と言ってくれるのだ。しかも軽やかに、端的に。

本作は、マイナーからメジャーへの転調を十八番のように繰り返した昭和歌謡を聴くに似た、根源的な高揚感をもたらしてくれる作品だ。なによりも、パートナーの存在がもたらす人の強さを、照れや韜晦をつきぬけて真正面から描いている。攻めているようでいて、実は王道作品なのだ。

著者プロフィール

松坂　ありさ

横浜市生まれ。東村山市在住。

本名　青木恵

神奈川県立相模原高校卒業。

白百合女子大学・国語国文学科卒業。

2010 年 1 月『木漏れ日』、2012 年 5 月『延長十五回』、

2013 年 10 月『ファールフライ』（日本文学館）

2014 年 11 月『校長室』、2015 年 5 月『初心、忘るべからず』、

2016 年 2 月『落書』、2016 年 7 月『早百合女子大学』

2017 年 6 月『あしたば文章教室』（A 文学会）

麦秋の宵

2018 年 8 月 10 日　第 1 刷発行

著　者　松坂　ありさ

発行社　Ａ文学会

発行所　Ａ文学会

〒181-0015　東京都三鷹市大沢 1-17-3（編集・販売）

〒105-0013　東京港区浜松町 2-2-15-2F

電話 050-3414-4568（販売）FAX 0422-31-8164

E-mail：info@abungakukai.com

印刷所　有限会社ニシダ印刷　銀河書籍

ISBN978-4-9907904-7-9